〔中国书籍文学馆·散文苑〕

来吧，我的灵魂说 丽萍题

高维生/著

图书在版编目（CIP）数据

来吧，我的灵魂说/高维生著.—北京：中国书籍出版社，2014.3
（中国书籍文学馆·散文苑）
ISBN 978-7-5068-4010-1

Ⅰ.①来… Ⅱ.①高… Ⅲ.①散文集—中国—当代 Ⅳ.①I267

中国版本图书馆 CIP 数据核字（2013）第 305196 号

来吧，我的灵魂说

高维生　著

图书策划	武　斌　崔付建
特约编辑	陈　武
责任编辑	许艳辉
责任印制	孙马飞　张智勇
出版发行	中国书籍出版社
地　　址	北京市丰台区三路居路 97 号（邮编：100073）
电　　话	（010）52257143（总编室）（010）52257153（发行部）
电子邮箱	chinabp@vip.sina.com
经　　销	全国新华书店
印　　刷	北京富达印务有限公司
开　　本	650 毫米 ×940 毫米　1/16
字　　数	223 千字
印　　张	15.5
版　　次	2014 年 7 月第 1 版　2014 年 7 月第 1 次印刷
书　　号	ISBN 978-7-5068-4010-1
定　　价	30.00 元

版权所有　翻印必究

序

李敬泽

"中国书籍文学馆",这听上去像一个场所,在我的想象中,这个场所向所有爱书、爱文学的人开放,不管是白天还是夜晚,人们都可以在这里无所顾忌地读书——"文革"时有一论断叫作"读书无用论",说的是,上学读书皆于人生无益,有那工夫不如做工种地闹革命,这当然是坑死人的谬论。但说到读文学书,我也是主张"读书无用"的,读一本小说、一本诗,肯定是无法经世致用的,若先存了一个要有用的心思,那不如不读,免得耽误了自己工夫,还把人家好好的小说、诗给读歪了。怀无用之心,方能读出文学之真趣,文学并不应许任何可以落实的利益,它所能予人的,不过是此心的宽敞、丰富。

实则,"中国书籍文学馆"并非一个场所,它是一套中国当代文学、当代小说的大型丛书。按照规划,这套丛书将主要收录当代名家和一批不那么著名,但颇具实力的作家的长篇小说、中短篇小说集和散文集等。"中国书籍文学馆"收入这批名家和实力作家的作品，就好比一座厅堂架起四梁八柱，这套丛书因此有了规模气象。

现在要说的是"中国书籍文学馆"这批实力派作家，这些人我大多熟悉，有的还是多年朋友。从前他们是各不相干的人，现在，"中国书籍文学馆"把他们放在一起，看到这个名单我忽然觉得，放在一起是有道理的，而且这道理中也显出了编者的眼光和见识。

当代文学，特别是纯文学的传播生态，大抵集中在两端：一端是赫赫有名的名家，十几人而已；另一端则是"新锐"青年。评论界和媒体对这两端都有热情，很舍得言辞和篇幅。而两端之间就颇为寂寞，一批作家不青年了，离庞然大物也还有距离，他们写了很多年，还在继续写下去，处在最难将息的文学中年，他们未能充分地进入公众视野。

但此中确有高手。如果一个作家在青年时期未能引起注意，那么原因大抵有这么几条：

一、他确实没有才华。

二、他的才华需要较长时间凝聚成形，他真正重要的作品尚待写出。

三、他的才华还没有被充分领会。

四、他的运气不佳，或者，由于种种原因，他的写作生涯不够专注不够持续，以至于我们未能看见他、记住他。

也许还能列出几条，仅就这几条而言，除了第一条令人无话可说之外，其他三条都使我们有足够的理由对这些作家深怀期待。实际上，中国当代文学的丰富性、可能性和创造契机，相当程度上就沉着地蕴藏在这些作家的笔下。

这里的每一位作者都是值得关注、值得期待的。"中国书籍文学馆"收录展示这样一批作家，正体现了这套丛书的特色——它可能真的构成一个场所,在这个场所中,我们不仅鉴赏当代文学中那些最为引人注目的成果,而且,我们还怀着发现的惊喜,去寻访当代文学中那相对安静的区域,那里或许是曲径幽处,或许是别有洞天,或许是,众里寻他千百度,蓦然回首,那人却在,灯火阑珊处……

目录

第一卷 阅读：夜行的篝火

文学不是"驴皮大鼓" / 002

听托尔斯泰讲艺术 / 006

火焰立起的感觉 / 013

雨果：伟大的叛逆者 / 017

来吧，我的灵魂说 / 020

帕斯捷尔纳克的人与事 / 026

爱和心灵的成长 / 029

当灯光点亮的时候 / 031

不想变为温室的写作者 / 034

在雨天和海明威相遇 / 037

寻找《小银和我》 / 039

文学不是一架梯子 / 042

第二卷 激情的诗人

请把灯盏一起拿去 / 044
把心灵抓在手掌上 / 063
脉搏在撕扯的骨骼上爆裂 / 082
埋进心灵苦涩的泉水里 / 101
天空可在黑夜里看见 / 118
在黑暗中散发痛苦的光芒 / 137

第三卷 读书的日子

精神的火焰在燃烧 / 150
直面真实与大地 / 152
他用冰琴演奏 / 155
文化到底是什么 / 157
于刀法中融入自身的灵魂 / 158
用情于创作"心画" / 161
叙写生命的形式 / 164
奔走的焦虑 / 167
扛着淬过思想之火的笔 / 174
自然是画家的灵魂 / 179
冬日读《清泉》 / 183
用散文抒写萧红 / 185

伟大的作家不会被遮蔽 / 189
迟子建的世界在下雪 / 192
大自然中的一支神歌 / 194
关于原生态写作 / 196
精神成长 / 197
在俄罗斯大地上跋涉 / 200
苍凉的辉腾锡勒 / 203
我看不到自己的神情 / 205

第四卷 真情与真实

时光中的时光 / 208
储藏丰富的元素 / 210
一本书，在岁月中被这么读 / 213
一个人慢慢回味 / 216
轻飘上不了时间的秤 / 219
读书是一场精神上的修炼 / 222
读真实的东西 / 225
一种特殊的怀念 / 227
让我们到大自然中去 / 230
秋天给人诗意 / 233

第一卷 阅读：夜行的篝火

一件作品的诞生，不是随意地捏造出来的，它是艺术家生命的结晶，是对世界的倾述。列夫·托尔斯泰之所以给艺术作品下了"真正"的定语，经过了深刻的思考，不是平白无故地说出来的。

文学不是"驴皮大鼓"

一

二十多岁时，读福楼拜的《情感教育》《萨朗波》《包法利夫人》。前几天找出《萨朗波》，回忆三十年前，初来滨州，一个人在寂寞中找到新华书店，注视门楣上水泥铸的五角星，推开那扇旧门门，走进不大的书店，在玻璃柜台前，寻到这本书的情景。五十岁以后，读福楼拜的书信集，心情是另一番的滋味。

1853年3月31日远去了，定格在时间的深处。福楼拜写给鲁伊丝·高莱的信，伴着窗外的阳光，有了太多的回味。这封不长的信，表现出福楼拜的精神缕痕，"这些伟人有着多么高贵的良智！他们不遗余力，寻找表达思想的贴切词。他们写作何其勤奋，又做了多少次修改！他们的拉丁文何其精湛，读书又是多么仔细"。这是福楼拜内心发出的真实情感，一些文学大师之所以成为精神的坐标，不是顺手胡诌乱写，制造虚假的文字。他们用生命去写作，精心地打磨，对待每一篇文章不会轻易地出手。今天是一个浮躁的时代，电脑的出现，加速了人们心中的浮躁，写作者不会精心侍弄自己的文字，写作变成流水线上的生产，文学浸染着商业的气息。前几天，编一本点评的书稿，读一个知名作家的作品，一篇三千字的散文，错字竟达十几处。整篇只是记录生活中的场景，加一点小的抒情，速成码起的文字，与他的名声极不相符。读完以后，我感到害怕了，他缺少福楼拜所说的"多少次修改"，更没有"表达思想的贴切词"。有的作家的文字，是冰山一样的纯洁和高贵，有的则是垃圾。阅读者要远离垃圾，否则会得传染病。

二

当下真实的作家少，有良心的文学批评家不多，文字的背面不是积淀的思想，而变成一种交易，是秘密见不得人的交易。

只要有人的存在，任何时代都会有这种现象，文学并不能因为有这样的事情发生，而堕落下去。文学和太阳一样，随着每一天的到来，淘汰劣质的作品，诞生新的经典。福楼拜的眼睛毒辣，挥舞手中的锋剑利刃，砍向虚情假意的文坛，挑落披着大师外衣的"勇士"们。鲁伊丝·高莱是福楼拜心爱的女人，他可以和她交流很多的真心话。书信体的消失，人类丧失很多的东西，我们今天难以读到这样的书信。福楼拜在给鲁伊丝·高莱的一封信中说："啊，是的，那些可怜虫，可怜的世界，狭小，脆弱。他的名声甚至不会长过他们的生年。他们的名气不会超过他们的'租期'，是有期限的。在五年、十年、十五年内，承认你是伟人；十五年足够长了。然后便黯然失色，连书带人；留在记忆里的，只有许多无用的喧哗！但可怕的是，这些勇者竟如此沉着，在愚蠢中是那么镇定自若！他们像所用的大鼓一样喧腾，声高来自虚空。鼓的表面是一张驴皮，而内里却空空如也。一切都靠细绳系着。"福楼拜看似随意的话语中，透露寒冷的语锋的尖锐，他毫不留情直指向一群污浊的戴着"大师"光环的人，租的东西有期限，只是一时的虚荣表演。给十五年，福楼拜觉得够长的了，有的只是过眼的云烟，接着便消失掉。

福楼拜选用一张驴皮大鼓，形象化地比喻那些喧哗无底线的大师们，这样的批判永远先锋，不会因为时间而落后。读福楼拜的书信，走进他的心灵世界，对任何一个写作者，都是警醒的提示。

三

1853年8月26日，深夜11点，在特鲁维尔的旅途中，福楼拜写给情人鲁伊丝·高莱的信，写了途中的感受，还有对文学的思考。

"一种文学，是血管里没有血，那是阅历、辛劳、衰颓的结果，隐蔽在某种涂蜡好看、习俗接受的形势下，单调，窘迫，扫兴，既不能帮你爬高，也不能帮你涉深，更不能帮你渡过难关。而另一种文学！那另一种，是老天爷的好文学。那是强健的，由于行走在岩礁上。那是优美的，由于行走在广漠上。依其形式而存活，处于适宜环境而成长。那是植根于大地的，伸展开指掌，撒腿奔跑，多么的美！"福楼拜写道"另一种文学"，后面用一个大感叹号，加重的语气中，传达出他的坚定和向往的精神。大多数的人不愿意是另类，而是喜欢群居的环境，滥竽充数的古代故事，说明简朴的道理。这个另字，饱含重大的意义，不是老王婆子自卖自夸，它是精神的定位，丝缕连接大地，是自由的奔跑。当下的很多写作者，是温室的写作者，经不起自然的风雨，是说明书的旅游者，对人地的关系，只是到此一游。他们写出的文字，缺少生命活力。

5月5日立夏，热气从敞开的窗子扑进，我在读旅途中福楼拜的信，想象他写信时的样子，纸上写下的情感，让我有了思想。阳光和黑夜对比鲜明，构勒出大师福楼拜的肖像画。

四

  1857年5月18日,那天的天气一定晴朗,福楼拜写给一封拖欠朋友的信,不是谈一些生活中的琐事,更多的是关注文学和读书。福楼拜的书信和他的小说完全不一样,读到的是"多情"的一面。这不是滥情,是对友人,对人生,对文学的多维的表达。

  书信体现一个人的品质,它不能掩盖心灵,是生命形式的呈现。福楼拜信中谈到读书时说:"别囿于一己的小圈子。多读伟大的读物。订个学习计划,严格遵行,持续不辍,记历史,尤其是古代史。强迫自己做一件需要恒心的苦活。生活是一桩讨厌的事,唯一忍受之法,就是逃避。阅读大师,掌握其手法及实质;研读之余,觉得眼前闪亮,心情愉快。一如走下西奈山的摩西,因为敬仰上帝,脸庞四周放出光芒。"闷热的下午,热气凝滞不散,附近施工的工地,电钻的轰鸣声,一阵阵地冲进屋里,撞得四处飘落。我回味福楼拜的文字,"多读伟大的读物"伟大和读物相结合,如同一座山峰,不会被功利的垃圾湮没。阅读对任何人都是一种核能量,离开阅读的生命一定会枯萎。读一本好书,脸上发出光彩,这是多么高的敬意。福楼拜的一封信,容量那么大,如同沉落河里的金砂,沉在时间的河道里,打捞出的每一粒,都蕴含高品位的思想,对阅读者是一笔财富。

2013年5月6日于抱书斋

听托尔斯泰讲艺术

一

列夫·托尔斯泰坐在笨重的木条椅上,背后是大自然的景色。他右腿架在左腿上,左手搁在右腿上,手中拿着倒扣的帽子。长长的胡须,每一根银丝,弥漫出神圣的庄严。他注视前方,目光中散发凝重的思考。看过列宾为列夫·托尔斯泰作的油画,但这张照片是我第一次看到。秋天的上午,夏天的热气退去,风穿越书房,我的心静下来,读列夫·托尔斯泰老人的书。

列夫·托尔斯泰身在雅斯纳亚·波良纳庄园,呼吸着清新的空气,散步在大地上,他的心胸早已跨越地缘的局限。他的思考越过时代,一针见血地指出:"比如临摹花朵、骏马和风景,学习笨重的乐器(仅仅是因为大多数所谓的有教养的家庭都会这么做),写作无聊的故事和诗歌并发表在报纸或者杂志上面,所有这些显然都不是艺术活动。事实上,那些低俗的、色情的、刺激人感官的油画或者以大自然为题材创作出的一些故事和歌曲(尽管这些作品可能有某些艺术特质），也都不是值得人推崇的艺术活动。"列夫·托尔斯泰说的假艺术是毒品，对人类有大害。当下很多人散发的名片，披着艺术家的外衣，扣上华丽的大帽子，四处兜售自己，一夜醒来，俨然成为名垂千古的大师。有的写作者，不通过修炼精神品质，在报纸上发表豆腐块的文章，就亢奋得不能自制，朋友吹，网友吹，自己吹，这样的"恶势力"将人毁掉不说，对社会有害无益。道德底线一旦被冲垮，没有束缚的警告，装腔作势，什么不要脸的事都可以做了。

列夫·托尔泰是在大地上写作，听鸟儿叫，听河水的流淌声，闻着泥土清新的气息。在安静的地方，远离人群的喧闹，思考变得辽远。列夫·托尔斯泰选择"无聊"，表达他的愤怒，经过思想的浸泡，在精神的烈火中重生。看似漫不经心的词，是向一些虚假的艺术家，投掷的一枚重型炸弹。

二

窗外知了的鸣叫，一排排地涌来，送来大地的气息。我伴着朴实的声音，听列夫·托尔斯泰讲述什么是真正的艺术品。

当下是跟风时代，对艺术作品甄别不出好坏。滥情的互相吹捧，令伪艺术家的私欲膨胀。有的人将撒谎当成真理，写出一堆拙劣的文字，不修改一个错字，来不及在手中捂热，就满世界地投稿。有的所谓的作家，不会点标点符号，地、的和得分不清，乱造句子，称为创作新文体。互相抄袭和复制，艺术的个性被湮没，一些人临摹画册上的山水，东挪一座山头，西移一个亭子，拼凑成四不像，然后花钱印出画册，将自己包装成大画家，敢于叫卖，一平尺的画作值多少钱。

这是不读书的时代，画家不读书，作家更不读书，全凭所谓的灵感。他们认为艺术是生活的反映，有生活就能创作出伟大的作品。生活是美好的，经他们的误读和理解，已经发生化学变化。艺术活动成为娱乐的场景，打着高雅的旗号，做虚伪的人与事，有了名正言顺的名号。列夫·托尔斯泰说："一件真正的艺术作品不能是为了某种目的而定制的，因为一件真正的艺术作品是对一个艺术家在心灵中产生的对生命意义的重新诠释的揭示（通过那些超越了我们掌握的规则），而当它被表达的时候，它就会照亮人性发展的道路。"列夫·托尔斯泰说的"生命的意义"，这是一条人类永恒的追问，如果失去这个意义，艺术完全沉浸在商业的娱乐中，也就什么都可能发生。长此下去，民族悲哀了，人类悲哀了，将出现重大的问题。

　　一件作品的诞生，不是随意地捏造，它是艺术家生命的结晶，对世界的倾述。列夫·托尔斯泰之所以给艺术作品下了"真正"的定语，经过了深刻的思考，不可能平白无故地说。

三

　　每天翻开报纸，看到读书版上，煽情地介绍上架的新书。打开电脑进入读书频道，看到书评、书摘、书讯，各种板块的信息，冲击人的视野。花样翻新的封面，如同美丽的陷阱，引诱阅读者掉落进去。对着铺天盖地的印刷品，无法甄别哪一本是好作品，哪一本是坏作品。

　　娱乐时代的阅读者，精神品质的萎缩，不愿过多地承担责任，只是享受快乐。小情感，小俏皮，小笑话，小抒情，都能使他们开心。而不愿去触碰思想的书，思考人类的痛苦。道德底线被冲得七零八落，人们似乎得到自由，没有信仰了，阅读不需要根性，"轻散文""闪小说"，时髦词包装的小商品，适合这些阅读者。列夫·托尔斯泰说："对于一个劳动者来说，要辨别艺术作品的真伪简直是件易事。如同一只嗅觉正常的动物在树林和森林中寻找它所需要的气味一样容易。动物可以正确地找出它所需要的东西。因此，只要人的本性未被扭曲，人类也能成功地从数千部作品中挑选出其所需要的真正的艺术品——他们能受到艺术家情感的感染。"列夫·托尔斯泰说出了人性，但是在不被扭曲的情况下，这是一块试金石，是鉴别艺术作品好坏的标准。如果脱离开这个标准，以大众的"喜闻乐见"为标准，那么这些是伪艺术品，毁坏心灵的伪劣品。

闷热的秋天的下午，心绪骚动不安，坐在窗口，听列夫·托尔斯泰老人的声音穿越时空，讲述着道理，说出发自内心的真情。

四

列夫·托尔斯泰拿着真理的剑，刺向伪艺术的注水皮囊。他说的真实是艺术的基石，如果没有基础，建多么高的华丽的塔楼，都经受不起狂风暴雨的摧打。当下的人怕真实，因为这两个字，朴实中透出神性。人们在写一篇散文，从里到外透出矫情，他们向读者撒娇，做出媚态，以赢得赞美之声。他们不敢踏进大地的深处，去做艰苦的田野调查，只是在网上、资料中复制和搬移历史，不敢直面事实与大地，凭着苍白的想象力，拼凑所谓的"文化随笔""历史随笔"。大多数人将琐碎的生活，当作艺术的真实，都要写上一段话，粘贴到博客、论坛上，然后自吹自擂，将自己包装成大师的样子。到景点中旅游，看到大山大水，将强烈的意识形态色彩浸进文体里，不断地采用"大词"写作，发几句苍白贫血的抒情，热爱之情油然升起。狂轰乱炸的煽情，"谱写"一篇火热的大作，他们认为这是自己真实的歌颂。

列夫·托尔斯泰指出："如果一个人受到作者灵魂的感染，如果一个人可以感受到这样情感及与其他人的融合，那么这就是艺术的力量。如果不存在这样的感染力，也不存在作者与受到作品的感染的其他人之间的融合，那这样就不是真正的艺术。"列夫·托尔斯泰说的感染力，不是凭空而来的，不是虚情假意，它是真实的生产，从真实的源泉中，流淌清澈的大水。情感不真实了，人心变了，对一切事物不在乎，就是一种病态，它的毒菌不知不觉地侵入每一个人的身体中，长期下去，将人的精神品质改变。我们要时时警惕，千万牢记艺术的尺子，真实的标准。

五

书房通往阳台的门上，横穿一根暖气管子，挂着一盆吊兰花。今年花长势旺盛，叶茎垂下有一米多长，几乎垂落地板上。每次走过门时，要稍侧一下身子，害怕碰坏叶子。读书累了，目光停留在兰丛里，如同一只蜜蜂，吮吸绿色的清香。

2013年9月5日，天亮的时候，下了一场小雨，天气阴沉沉的，使人的心变得伤感起来。《托尔斯泰论文艺》摆在桌上，封面上线描的托老的头像，那双忧郁的眼睛，是我们艺术前进道路上的路标，指给我们一条正确的路线。

"只有当一个人的生活对人类来说是自然的、平常的、合乎常规的，那么他的内心才会产生情感。因此，优越的物质生活条件对艺术家来说是极其不利的，因为这样会使艺术家远离所有人所生活的自然条件——与自然斗争以维持自己和家人的生活——因此也会剥夺艺术家体验人类最重要、最自然的情感的机会和可能。"列夫·托尔斯泰并不是高高在上，而是以朋友般的心平气和，说出艺术创作的真理。一个艺术家，如果不走出封闭的空间，只是低头在资料中构思，无大地滋养的苍白想象中，结构出的作品，不可能是感动人心的大作品。脱离对大地的宗教般的热爱，浮光掠影地走一趟，对付自己的心灵，后果极其严重，不可能得到大回报。

很多的作家，凭着科学带来的便利，进入网上图书馆，下载大量的史料，不愿付出艰苦的劳动，去做田野考查。坐在书房中，调动一切写作手法，重新打乱、编排，掺点时代的元素，创作出一部长篇宏大的历史巨著。画家们不去到野地写生，只是用数码相机，拍下风景照，回到画案前，稍稍一变形，一幅大制作出来了。大批的伪"艺术家"，忙着编、凑、移，制造出的伪劣品流入社会，在刊物上发表，去参加画展，摆在画廊中售卖。很少有人静心，投入到生活中去，在平常的生活中发现、创作出新鲜的作品。

雨又下起来了，细碎的雨声，让我想到一部艺术作品，如果和雨一样的自然，抛掉虚假的外衣。这样的艺术品，不论什么体裁，都会是大作品，这个大不指数字和场面，而是心灵的广大。几天前，我写下一首小诗：

> 黄昏在窗外
> 房间里的灯亮了
> 我坐在地板上
> 读托尔斯泰的一本书
> 他的文字
> 在我的记忆中扎根
> 有一天会长成一棵大树
> 已经是秋天了
> 残余的夏热
> 还在坚守最后一块阵地
> 闷热榨尽身体中的水分
> 一滴滴汗珠

在皮肤上滚动
我拿起遥控器
对准空调机
轻轻地摁动开关
一阵凉风扑过来
我背后的灯光
在地板上剪出我的影子

2013 年 9 月 5 日于抱书斋

火焰立起的感觉

一

加斯东·巴什拉的眼光真"毒",他从一朵睡莲中发现特殊的东西,不是中国人说的"出污泥而不染",这么简单的道理。

我看到加斯东·巴什拉的目光,闪着理性刀锋的冷峻,他不会对任何事物,那怕微小的茎叶,做出果断的判决。我们之所以流于大众化,因为缺少看后的思想,发现不了睡莲后面的真情。他读到莫奈的睡莲,不是感到画得太美了,一句赞美之词,表达激动的心情。加斯东·巴什拉说:"黑夜降临——莫奈经历千百次——鲜花随着波动度过长夜。人们不是讲过花茎缩至黑暗污泥最深处,呼唤着黑夜吗?这样,每当黎明将至,在经过夏夜沉睡之后,对水极其敏感的莲花和光一起再生,所以花儿永远鲜活,是流水和太阳孕育的纯洁女儿。"这段文字,简直是一首抒情的散文诗,但不是苍白贫血的病态狂热表现。加斯东·巴什拉从夜和阳光中寻找,发现一种新生命的诞生。水和阳光,两种不同的物质,它们碰撞出的思想光芒,是睡莲成长的乳汁。莫奈这位大师,为了画一朵睡莲,竟然千百次,跟着它们度过多少夜晚。当两位大师的情感相击，溅出的思想火花，形成了生命的睡莲。

每个夜晚，对于人都不一样。

二

加斯东·巴什拉总是能找到独特的视角，讲述自己的感受。在夏加尔的画中，不仅能读出色彩、线条和画面的美，更多的是感悟画家寻找天堂的精神之路。

有的人，文字看上去很美，这种美涂满疾病的妆，华丽的后面是得了绝症的躯体。加斯东·巴什拉的文字如同结晶的冰一般，分子密度小，透明而强实，没有一点水肿。我们看他写到夏加尔时说："为了理解这个问题，应该激活画家面对白纸的孤独。这种孤独是强是大的，因为没有任何什么可以帮助它，让逝者的面容脱离历史的黑暗。什么都不能复制。一切都创造。"加斯东·巴什拉霸道，蛮不讲理，这是一个哲学家的气质，不是小混混的无赖。加斯东·巴什拉指出："什么都不能复制。一切都创造。"我听后很震撼，看到了他指向前方的坚决，不让步的气势。在当代的中国文坛，"复制""粘贴"是一个时髦的行当，创造力的衰退，人们归结为生活的节奏太快，来不及思考。很多人热衷于集会，却无心坐在冷板凳上，读书、思考和创作。加斯东·巴什拉激活孤独，面对白纸，不是空喊口号，而是要付诸行动。漫长的、马拉松式的行走，不是每个人都能坚持下来的。

外面阳光灿烂，我读加斯东·巴什拉的文字，身上有火焰立起的感觉。

三

这是怎样的发现,他感受到了。人们对凡·高关注的是商业价值,他的金色是财富的象征。

加斯东·巴什拉擎着思想的火炬,在思索的光照下,有不一样的感觉。"凡·高的黄色是炼金术的金黄色,在无数的鲜花中采集的、提炼成类似阳光的蜜金黄色;绝非麦穗的火焰金黄色,或是草编椅子的金黄色。这是一种经过天才无尽想象的完全个人化的金黄色。它不再属于外界,而是一个人的财富,一个人的内心世界,在凝视整个生命的过程中找到基本真实。"一个被无数人赞叹的凡·高黄,加斯东·巴什拉用诗性的语言,表达出画家的倾述。这不是什么人都能发现的,它是想象、思想和生命炼金一样地提出的纯色。哲学家在凡·高的色彩中,又涂上一层鲜活的色调。

来到阳台,冬日的阳光投映一片光芒,我双手合成碗状,掬一捧阳光,想看到加斯东·巴什拉说的"提炼成类似阳光的蜜金黄色"。我感受到温暖,皮肤的纹理中填满光。

四

作家不是一种职称,也不是权力地位的象征,它和劳动者一样,面对白纸孤独地工作。一个作家丧失勤奋的创造力,那么他不可能构筑自己艺术的天堂。

作家不是流行歌手,每天面对热闹的场面,要学会拒绝和躲藏,将自己保护起来,守住心灵的平静。用思想和情感的炼金术,提出高纯度的精神,创造出全新的生命。加斯东·巴什拉说:"热烈而创造性的工作贯穿艺术家的一生并赋予这生命以耿直的秉性。在一部趋向完成的作品中，一切向着目标迈进。每天，这部耐心和热情的奇特作品在把艺术家造就成大师的劳作生活中编织起来。"我似乎看到哲学家握笔的手有些抖颤，他写的文字变成道理。他将创作的规律梳理得很清晰，并大声地说出来。加斯东·巴什拉用"热烈"这样燃烧火焰的词语，将它串联于整个创作中。当我细细地分解每一组词时，它们形成语言的岛屿，创造出新的世界。这些看似平常不是猎奇的词，组合在一起，发生天翻地覆的变化，有势不可挡的精神。

加斯东·巴什拉不是凭冲动，随意地写一个字，而是经过思索，我喜欢他的"热烈"。在这种情绪氛围下，写出的作品，一定不会是过眼的云烟。

2013 年 11 月 30 日于抱书斋

雨果：伟大的叛逆者

一

书是写给后来的岁月，一个作家在茫茫人海，他很少有述说心灵的朋友。他冷静地观察世界，行走在"往日"和"今天"中，记下人生的苦与乐，矛盾与痛苦。

雨果说："一个人的遭遇，一天一天记载了下来。"好书经得起时间的淘洗，它不惧怕喧闹、世俗的围攻。

当代的文坛急功近利，耐不住一厘的孤寂，所谓的"作家"们，跷着二郎腿，得意地写时尚的文字。哪怕在小报上发表豆腐块的文章，也必须吹嘘三天，弄得满城风雨，唯恐人们不知道。他们贴满煽情的招贴画，扮成伤感的模样，乞求引起注意。他们四处游说，不知天高地厚地说，这是人类的精神家园。他们被物质的生活吞噬，失去"个性"，更谈不上崇高。

文学是什么？什么是文学？

雨果的文学主张，到了今天我们也未继承下来。

二

我喜欢雨果的肖像，纳达尔摄于1878年。老年的雨果一头白发，胡髭变白了，一双深邃的眼睛注视远方。二十年的流亡生活，不但打磨不掉他锐利的目光，反而如同雷电更加凶猛。

雨果的目光使我想起另一位老人——列夫·托尔斯泰，十九世纪俄罗斯著名画家列宾，将他表现得淋漓尽致。托尔斯泰和雨果生活在不同的国家，不同的时代，留下的文字却是同一种声音。他们的目光驱散黑暗，给人类送来一缕光亮。我凝视两幅肖像，就像坐在老人的身边，听他们对话。

我似乎看到雨果走进科隆大教堂，积溃满目，推开旅馆的窗子，看他最喜爱的莱茵河，"在那使德国思索的深沉的潺潺水流中，我们都能找到历史的痕迹"。我听到雨果的脚步踏响比利牛斯山区，雨果说："人们仔细研究建筑，在其中可以找到历史；观察过往行人，在其中可以认识生活。"他对物质生活没有过多的要求，有新鲜的空气，有树和草，有风，有鸟儿，有古老的教堂，他就满足了。

一个垂暮的老人，告别生养自己的庄园，车轮碾压熟悉的乡村土路，他不愿惊动任何人，甚至林间的鸟儿。回望桦树林，行注目礼，告别雅斯纳雅·波良纳庄园，去远方，去寻灵魂的归处。老人们写下的书，仿佛一片原始森林，生长遮天蔽日的大树。这片大森林是可以依恋的，躲进去休息养生，我们就有了勇气，面对时代的潮水。

三

2002年2月26日，是伟大的浪漫主义作家雨果诞辰200周年纪念日。200年过去了，世界发生天翻地覆的变化，许多人被忘记，有的人像一座披满鲜花的碑，屹立人们的心中，雨果就是其中之一。

中央电视台纪念他，播放了《巴黎圣母院》。多年前我在一家老电影院看完这部电影，那时年轻流于肤浅，不理解生命的诉说。后来阅读这本书："人们发现，他的脊椎骨歪斜，脑袋缩在肩胛骨里，一条腿比另一条腿短。颈椎骨上却没有破裂的痕迹，显然他不是绞死的。因此，这个人是自己来死在这里的。当人们想把他和他所拥抱的那具骨骼解脱开来的时候，他化作了尘埃。"

读完莫洛亚的《伟大的叛逆者——雨果》，走过他的一生，理解"人"的雨果。一个人，一辈子坚持自己的文学立场，为民族、自由而斗争，用钢铁般的意志证明信念。《悲惨世界》的出版发行，给出版商带来了丰厚的报酬，当《海上劳工》写完后，很多报纸发行人找上门，米舍想出五十万法郎买下报纸的版权。雨果拒绝道："我把一个文学家的良心看作我行为的准则。正是良心责令我耻于接受这五十万法郎，我对此毫无遗憾。"雨果一生不屈服媚俗，他的心胸和阿尔卑斯山一般高大。

2009年9月7日于抱书斋

来吧，我的灵魂说

一

最初读惠特曼的《草叶集》是十几岁，那时父亲在北京修改长篇小说，回来时带了许多书，其中有《草叶集》。我被惠特曼的独特的长句子，激情的诗行迷住了。后来我自己有了《草叶集》，有一段时间，每天读惠特曼的诗，这时的读多一份冷静，多一份思考，不是盲目地迷恋句子，对人与自然，生命与生命的追问多了。

《典型的日子》是心灵笔记，惠特曼在大自然中完成此书。大地上的万物，它们和睦相处，凭着自己的特点生存，按大自然的规律生长，不存在功利的想法，去明争暗斗，一年年地丰富大地。1873年，惠特曼患上半身不遂，这样重大的疾病，使很多人丧失人生的信心，有的甚至生活不能自理，在病痛中度过残生。近二十年的疾病中，惠特曼一边与病魔作斗争，一边思考生命的意义，惠特曼拖着患病的身子，一次次地走进大自然里。草的清香，野花的美丽，溪流的歌唱，鸟儿的鸣叫，风的细语，阳光的照晒，他在这样的环境中,身心得到洗礼。大自然是精神的母亲,教给他全新的阅读法则,以另一个视角去解读生命。

当惠特曼带着小凳子,坐在大树下,听树的汁液的流动声,他动情地写道:"当你在商业、政治、交际、爱情诸如此类的东西中精疲力竭之后,你发现这些都不能让人满意,无法忍受下去——那么还剩下什么?自然剩了下来;从它们迟钝的幽深处,引出一个人与户外、树木、田野、季节的变化——白天的太阳和夜晚天空的群星的密切关系。我们将从这些信念开始。"一个身体不健康的人,被疾病的痛苦折磨,在大自然中得到恢复,忘记尘世的杂念和烦扰。惠特曼冷静地观望,对疲于奔波的人们发出一声疑问,呼唤回归到自然中,寻找一种真正的答案。此刻的惠特曼是身心健全的人,身体中爆发的激情,变成强大的力量。

二

这是惠特曼的一则日记,随手记下的感受,不会被人注意。在平常的琐事中,每天走过的农场小路,是他的偏爱,在其中思考很多意义重大的事情。

美国文化地理学家索尔特别关注道路,因为路的出现,有了研究的对象。不到三百字的日记,我读完以后,什么都不想做,只是守在窗前,望着窗外废弃的旧水塔。我住在这里二十多年了,它比我存在得还早。它一天天变得破败,而我变老了,时间就是这样。惠特曼不年轻了,又有疾病的折磨,所以每次走上农场的小路,心情不会相同。他以"观察者"的身份走过,小路是一个"示者",呈现自己的一切。观者惠特曼,细心地察看周边的情景,和每一株野草、每一朵花打招呼,这是对它们的回味和思考。惠特曼写道:"正如每个人都有自己的爱好一样,我喜欢真正的农场小路,两侧是老栗子树形成的篱笆，灰绿色的树杆上满是湿软的苔藓和地衣，篱笆底下零散的石头堆中间生长着大量的杂草和多刺的蔷薇植物——不规则的小路从中间蜿蜒穿过，还有牛马的足迹——每一个季节都以各自相伴的事为标志循着气味便可以在附近发现它们——在4月里提前开花的苹果树，猪们，家禽，一片8月的荞麦田；在另一片田里，玉米的长穗子在拍打着——这样一直来到池塘边，池塘由小河扩张而成，孤绝而美丽，周围是年轻年老的树木，隐秘的远景。"惠特曼极其敏感，一个人远离人群的喧嚣，与动物和植物为伴，不必花费心思去研究复杂的人心，更多的是投入到自然中，进行朴素的交流。惠特曼发现深刻的道理，年轻的树，年老的树相映地平等生长。一条路的两边，看到的是新老生命的交替，自然一代代地延续下来。

读完惠特曼的日记，窗外的热浪，一层层地推进。坐在书房中，眼前不断地飘动惠特曼的文字。

三

1877年8月27日，这一天，惠特曼和往常一样，来到大自然的"教堂"里，聆听风声水声，享受太阳浴。

疾病的痛苦纠缠惠特曼，影子一般地相随，只有走进大自然，他才恢复自由的快乐，忘却一切烦恼。惠特曼带着小凳子，一瘸一拐地穿过小路，迎接他的是清新的绿色，鸟儿的鸣唱，坐在那里变得安静了，想一些事情，回忆过去的经历。惠特曼恢复了天性，找到了做人的尊严。惠特曼发现一片长满树木的小谷地，一条穿过的溪水，如同一架清水制作的钢琴，卵石的琴键，被水弹奏出欢快的曲调。溪水的一旁，有一个废弃的大坑，长出灌木、水草和树。流淌而来的溪水，在坑壁跌落，形成三条小的瀑布，这是惠特曼的地方，他们是相互理解的朋友。惠特曼两年不吃药，借助自然来治疗身体，自然能修复他身上的病痛，给他注入鲜活的力量。

惠特曼觉得，友情必须用铅笔记下来，保存在时间中，留给后来的人阅读。惠特曼的文字是心灵的袒露，清除所有的杂质，流出自然的精神。我是在2013年5月17日，星期五的下午，读到惠特曼的记录，他快乐地写道："当我在草上缓慢地散步，太阳照射着，足以显现出随我移动的影子。我似乎和周围的一切融为一体了，和它们一样健康。自然是赤裸的，我也是赤裸的。太懒散、太欣慰、太喜悦了，我什么都不去想。但我还是有兴致这样想：也许我们内心从未失去的与大地、光、空气、树木等等一切的和谐，仅仅通过眼睛和头脑是认识不到的，而是要通过整个身体，既然我不会把眼睛蒙上，我就更不会束缚我的身体。"在溪水中清洗身体，享受阳光浴，一个残疾的身体，全部暴露在自然中，没有一点不好意思，感受的是生命的自由和愉悦。惠特曼的举动，世俗的人不能理解的，他们认为他是疯子。大自然不这么认为，接纳被病痛扭曲变形的身体，抚慰他受伤的心。

我听到溪水的流淌声，注视泡在水中的惠特曼，他脑子中出现的不会是功利思想，更多的是人与自然相亲的快乐。

四

惠特曼坐在林间的一块方木上，眺望远方。3月8日，他面前是凄美的大自然，风声穿过树梢，身后的大树喃喃自语。《草叶集》诗意的激情，堆积形成冰清雪洁的山峰。年老的惠特曼变得沉静，细致地观察大自然，思考人与自然的关系。他的很多文字，不是书房中写出来的，是嗅着草的清香写完的。阳光和树影，草地和野花，鸟儿的歌唱，风声和流淌的溪水声，它们是惠特曼的朋友，是他书中的主要人物。

惠特曼的文字中，看不出病态的影迹，没有不公平的牢骚，更没有无缘的病吟。老年的惠特曼，已是多年疾病缠身，行动不便。但他每天必须到自然中去，因为他的病只有这个医生的灵丹妙药，才能医治。在自然中惠特曼的年龄是童年，他与树木玩耍，与溪水嬉戏，听"自然的音乐会"，惠特曼写下生命的笔记。学者程虹指出："因而，许多美国人把目光投向美国的童年时代，希望恢复昔日的淳朴与美好；而作者本人在经历了国家及个人的悲剧之后，也将目光投向自己在长岛岸边那个有着果园和田野的农场。对惠特曼而言，那是美国的童年，还是个人的童年，都与自然紧紧相连。自然是人类的母亲，她可以抚平人们身心的创伤。"程虹剖析惠特曼的思想本源，他创作的脉络，树木年轮一般地清晰。一个人在母亲的怀抱里读书写作，不可能有杂念和坏心眼。

这一则日记，收录两天的事情。3月8日，这一天阳光明媚，第二天不同了，天空变脸，一大清早，下起暴风雪。惠特曼不会被强风大雪吓住，拖着不灵便的身体，在暴风雪中散步两个多钟头。

我似乎看到茫茫的大雪，遮盖住荒野，惠特曼离开温暖的房子，带着自己的小凳子，一步步地向大地走去。惠特曼不是显示自己有多么坚强的毅力，去笑傲斗风雪。他在日记中写道："所有的感官，视觉、听觉、嗅觉，都愉快地得到了满足。每一片雪花都躺在它飘落之处，在常青植物上、冬青树上、月桂树上，等等，数不清的叶子和枝条重重叠叠，膨胀的白色，镶着祖母绿的边线——一排排树顶呈青铜色的松树，树干又高又直——淡淡的树脂香混合在雪的气息中。"惠特曼调动身心，享受自然中得到的太多快乐。他对自然的热爱，不是书房里的想象，只有在自然里，生命放松下来，不再对任何事物存有戒心，用身体的通感体验自然传达给心灵。

惠特曼在风雪中行走，我跟随在他的身后。虚伪的变色衣，在自然中原形毕露，只有诚实和真心，人才能得到鲜活力量的滋养。

听惠特曼叙述自然中的故事，我不想走出来。

五

请记住这个日子，1882年9月30日，凌晨四点半，人们还沉在睡梦中，在斯塔福德农舍中的惠特曼，观察天空的彗星很久了。

惠特曼察看彗星的形状，瞬间的变化，此时他那么的耐心，任何响声都不会干扰他。彗星在天空中运行，打动老年的惠特曼的心。他用文字为彗星作一幅图像，每一个字中，蕴藏着诗人的情感，他随着彗星的轨道运行，带着很多的思考和向往。

《乡村的日日夜夜》写了三天中发生的事情，清晨观彗星，库珀的林间散步，老林子里记日记。惠特曼坐在松木上，背依一株大树，膝盖做桌子，伴着刮来的风，写在自然中的感受，所经历的情景。惠特曼真情地说："我来这里已经好几天了，为了换换环境，沐浴一下秋天的阳光，悠闲，愉快，简单，吃丰盛的食物，尤其是早餐。暖洋洋的正午，其实一整天都令人愉快，清新而温暖，只有傍晚和完美的清晨显出凉爽。"惠特曼喜欢这样的生活，对自然的依恋，是返璞归真的歌唱。"悠闲""愉快""简单"，组成的多维的感受，给他的"自然笔记"增添新鲜的力量。

2013年5月18日于抱书斋

帕斯捷尔纳克的人与事

酷热说来就来,一夜过去后,热风席卷城市。厚重的水泥墙壁,挡住推进的热气,躲在房间里,读帕斯捷尔纳克的《人与事》。

九十年代初,《人与事》是我着迷的一本书,为了买这本书,跑遍济南大小的书店。有一天上午,我和高淳海去山东大学老校散步,在路边的学生书店中,发现仅有的两本。我毫不犹豫地买下,一本送给长春的傅百龄老师,他是俄罗斯文学的崇拜者,另一本我自己留下。

新版的《人与事》换了出版社,也换了版式。打开书看到十几幅帕斯捷尔纳克的照片,第一次走进他的影像中。这些生命中留下的影像,铺成诗人的一生,成为珍贵的史迹。它们连续流动的画面,构成人与历史的关系。童年时帕斯捷尔纳克和父母在院子里的情景,是我最喜爱的一幅,不大的院子中,父母各自坐在椅子中,手中捧着自己心爱的书,还没有经历沧桑的帕斯捷尔纳克,蹲在地上独自玩耍。父母间有一张空椅子,本来是他的座位。身后的房子上爬满绿色植物的藤蔓,在进出的门口,形成拱形的空洞。画面构图讲究,摄影家用敏锐的艺术眼光,捕捉到温馨、安静的瞬间。

照片是三角形的画面,父母在一条平行线上,而儿子在他们的对立面上，而且前面是一扇房子的大门。帕斯捷尔纳克在三角形的尖上，父母和大地托举他上升。影中深藏的暗示，不是一般人破解得了的。2013年5月11日，下午的阳光热辣，我沉在老照片中，回味帕斯捷尔纳克童年的情景。

那是一个普通的夜晚，但发生的事情却影响人的一生。沉睡中的帕斯捷尔纳克，不知被什么东西弄醒，痛苦地哭起来。他的哭声抵不过隔壁的音乐，很快被湮没了，当"三重奏"演奏完的时候，哭声才引起人们的注意。母亲来了，俯下身子亲吻他的额头，安慰惊吓中的儿子。帕斯捷尔纳克回忆，母亲将他抱到客厅里，去见陌生的客人。烛光中，小提琴、大提琴和钢琴，构成诗意的浪漫。这是伟大的时刻，帕斯捷尔纳克写道："有两三位老人的白发和团团的烟雾混在一起。其中一位，我后来跟他很熟，而且经常见面。他是画家尼·尼·格。另一位老人的形象伴随我一生，如同伴随大多数人一样，特别是因为我父亲为他的作品画过插图，到他家去做过客，衷心敬仰他。以至于我们全家上下渗透了他的精神。列夫·尼古拉耶维奇。"这是第一次见到托尔斯泰的情景，帕斯捷尔纳克回忆中，他对那个特殊的夜晚，充满怀念和回味。这样的场景不是任何人都能有的，它如同种子，扎在人的心灵深处，一年年地长大。每一个字里，透出对大师的敬爱之情。帕斯捷尔纳克选择"渗透"，道出内心的幸福记忆，漫长的人生路上，他无数次回到那个夜晚，这是他创作的源头和出发地。

另一个影响帕斯捷尔纳克的是诗人里尔克，这位世界级的大师，是建筑上的拱骨，支撑着帕斯捷尔纳克文学的生命。

1900年，里尔克到过雅斯纳亚·波良纳，拜访过托尔斯泰。诗人认识帕斯捷尔纳克的父亲，与之有书信来往，并赠送其早期的诗集，写下过亲切的题词。那年冬天，有两本诗集传到帕斯捷尔纳克的手中，震惊中，他读过里尔克的诗。1959年2月4日，帕斯捷尔纳克在致欧库里耶的信中说："我一直认为，无论是我的习作还是我的全部创作，我所做的只不过是转译和改变他的曲调而已，对于他的世界我无所补益，而且我总是在他的水域中游泳。"写出这封信时，帕斯捷尔纳克已于1958年，因为《日瓦戈医生》而获得诺贝尔文学奖。他登上文学的高峰，但对于影响他一生的诗人、曾经的"情敌"，他充满敬意，这不仅是他的品质，更证明他拥有一颗高贵的灵魂。美学家潘知常指出："写作的权利意味着人的尊严、文学的尊严，而帕斯捷尔纳克通过写作《日瓦戈医生》所赢得的，正是人的尊严、文学的尊严。"尊严说起来容易，做起来太难了，很多人的写作没有底线，更谈不上尊严。情感有道德，文字也有道德，如果抛开底线去做，什么都不要谈了。年轻时读帕斯捷尔纳克，被他的诗情打动，佩服他对体制抵抗的勇气，认为这才是真正的作家。多少年后，我读出另一种东西，就是他的大爱。一个社会失去爱的准则，缺少人与人之间的黏合剂，就会发生难以预料的事情。

离开《人与事》很多年了，重读有了不一样的感受，年轻时读的是激情，中年以后读的是真实和爱。

帕斯捷尔纳克的书房简朴，没有过多的华丽装饰，书橱里的一排排书，宽大的工作台，不知有多少文字是在这上面创造出来的。合上书在和帕斯捷尔纳克作告别，书中的人与事，已经在我的心灵扎根。

2013年5月11日于抱书斋

爱和心灵的成长

约翰·缪尔是我喜爱的自然主义作家,他被称为"大自然的推销者","美国自然保护运动的圣人"。他在美国山区生活几十年,在大自然中跋涉,写下几十部关于人与自然的书。几年前,读他的作品,写过有关他的文字。

这几天读《我的青少年生活》,约翰·缪尔写了少年时代的生活,生命和一年四季的变化一样,快乐地生长。他提出一个大问题,心灵的健康成长。我们今天的孩子经受不起风雨的考验,大自然对于他们是符号,是电脑上的影像。人与自然的和谐相处,不是春天唱着歌走向公园,花钱认领几棵树,挂上自己的名牌。这种人有太多的功利思想,掺杂一种虚荣心,不是心灵的驱使,而是对灵魂的伤害。精神背景的构筑,需要的不仅时间,更是真实和无私。约翰·缪尔说道:"对男孩子来说,农场生活最大的好处之一,就是可以把动物当成同等的生物来了解,学会尊重它们,爱它们,甚至赢得它们的爱。因此,神圣的同情心得以成长壮大,这远远超出了教堂和学校的教育。教堂和学校的教条往往是低劣、盲目、没有爱的,它宣称动物没有思想和灵魂,没有获得我们尊重的权利,它们是为人类而生的,是可以让人宠爱、娇惯、屠杀或者奴役的。"想起我的少年生活，在收割后的豆地中寻找老鼠洞，发现后拢一堆豆叶，点燃后往洞里灌烟熏。逮住蜻蜓后，揪下尾巴，插上一根狗尾草，然后放飞它。这些恶作剧，带给少年时很多的快乐，当我们今天重新反思人与自然，觉得自己犯下了错误，对无知的少年时代有了内疚。

  对待大自然，不能虚情假意，需要真心实意，否则会遭受报复的。我们今天的孩子不应是电子玩物的俘虏，而应更多地走进大自然，经受大地野性的洗礼，呼吸草的清香，与动物们做朋友。让真实的情感，回归到生命中去。

2013 年 4 月 29 日于抱书斋

当灯光点亮的时候

1913年1月,寒冷的冬天,卡夫卡在深夜,给他亲爱的菲莉斯·鲍威尔写信。史料上说,1912年9月至1917年10月,他们频繁通信。窗外的夜色越来越深,堆积在玻璃上。六月的平原,热气熬人了,蚊子捕捉到灯光,伏在纱窗上等待机会,它一定看到我拿书的手了。

灯光带我到遥远的地方,它让我读卡夫卡阴冷的文字。这本书在书架中藏了多少年,准确的买书时间记不清了,版权页上盖的方形章,这不是纪念章,而是处理图书的章:"处理书,仔细挑选,售出不退。"三联书店在地下一层,每次去走向下延伸的台阶。人降下去了,阳光留在地面上,人一进入里面,就在灯光下活动了。

特价区在角落里,特价是一个美丽的词,朴实一点说就是处理书。这些书进入不了畅销的行列,隔一段时间,销售不好的书,就要摆上这个架子。《卡夫卡书信日记选》就是花1元钱买到的,1996年远去了,我现在还读这本书。灯光执拗地把我留在1913年1月,听卡夫卡的诉说。夜晚的寒冷,无法消减他的热情,情感被冰冷包裹,目光触上去就急忙地逃避。闷热的夜晚,卡夫卡的文字是一阵飞来的寒冷,冻解燥热的心。卡夫卡身处1月的冬夜,瘦弱的身体中贮满灼热，他在信中的直率和所有的恋人一样："有一次你写道，你希望在我写作时能坐在我的身边，但这样我就写不了东西，平时我也写不了许多，但这样我会一点也写不了的。"卡夫卡笔尖流出的柔情和灯光融在一起，变成很多的金蝴蝶，在屋子里飞舞。他写出的字溢满爱意。冬夜的清寒，只是改变温度的高低，心中的情感是什么也氧化不了的。卡夫卡叙说他的幸福，我关掉了灯，让光线消失，躲在黑暗中，卡夫卡的快乐堆满空间。回味文字描述的情景，街道上一辆跑过的汽车，扯破静的存在。

我的手伸向开关，指尖触在上面，只要一摁动，光会火一般地蹿动，燃烧黑暗，我等待光烧燎黑夜的声音。切动开关，光在我有准备中出现，但还是适应不了，两种光在眼睛中碰撞。我还是喜欢光明，在它开出的亮地，拿起《卡夫卡书信日记选》。我不需要乱翻找，书签夹在1913年1月的寒夜中，我很快进入那个时代里。

菲莉斯·鲍威尔在远方，卡夫卡所有的情感，还是想对自己心爱的人说。书信是最好的交流方式，信上可以说真心的话，情感浇灌一个个文字。卡夫卡信中，不会一味地谈情说爱，夜越深远，他的思考越沉重了。他说："我经常想，我最理想的生活方式是带着纸笔和一盏灯待在一个宽敞的、闭门杜户的地窖的第一道门后。穿着睡衣，穿过地窖所有的房间去取暖，将是我唯一的散步。然后我又回到我的桌边，细嚼慢咽，紧接着马上又开始写作。"冬夜这么冷，这么长，菲莉斯·鲍威尔是个女人，卡夫卡把沉重的思考抛给她了。当地窖隐于地下，世俗的喧闹从上面滚过，不会掉入地窖中，泥土味使人心平稳，阻挡一切的骚扰。卡夫卡没有把水泥和钢筋的包围看成是理想的写作的地方，他想成为"地窖居民"反倒有自由的舒展，泥土的温暖修复了他创伤的心灵。他触摸大地深处的脉动，从另一个角度看世界，恢复人本性的张扬。地窖的门挡住阳光，隔断热闹的街市，却锁不住情感。躲在地窖深处的"居民"，听着上面来往的车轮声，走过的脚步，却在思考人和人的事情，这是一种状态，还是痛苦的无奈？想象可以穿越任何障碍，地窖有着泥土的气息，卡夫卡为了这些，才想躲进理想的地方，靠着灯光，一天天写作。加斯东·巴什拉这个火和光的热爱者说："如在灯光照亮的桌面上，白纸展开孤独，那孤独就会发展加深。白纸！这需要穿越却永远没有穿越过的广袤沙漠。这页纸，对每个熬夜人始终呈现空白的白纸，难道不就是无限周而复始的孤独信号吗？"外面的世界太热闹了，难道孤独是唯一的吗？我把孤独装进心中，在夜晚的灯光下，我们要进行一场深刻的对话。光线投在纸上，它会显出什么样的形象？

卡夫卡深情地说："最亲爱的，你是怎么看的？但愿你在地窖居民面前毫无保留。"我看到1917年7月卡夫卡和菲莉斯·鲍威尔的照片，他的嘴角露出一丝笑意，右手背贴在菲莉斯·鲍威尔的腰部。卡夫卡下意识的动作被摄影师留下了，表现出他写《变形记》的内心情感。

2011年6月，一天的中午，我躲在抱书斋不大的地方，在电脑上敲下和卡夫卡相遇的情景。

2011年6月4日于抱书斋

不想变为温室的写作者

　　为了观察大自然的变化,把一座谷仓改建成书房,在这里写作和思考。目光越过窗口,看动物在田野、树林和果园中跑来跑去,这是何等的快乐。金花鼠警惕地注视,红松鼠一路转着圈跑来;野兔出现在视野之内,胆怯而小心;一只金啄木鸟儿,落在果园的空地上,寻觅喜欢的蚂蚁。

　　布罗斯不是闹腾的作家,一夜之间蹿红,变成为一位文学的明星,其作品一路畅销,升至排行榜的首位。他的文字是在大自然的子宫中孕育而生,在风雨中、在阳光的爱抚下长大的。他的自然不是凭空幻想的、为观念而写作,不像有的作家从书上临摹出来,加上情感的酵母,摇身一变成了仿自然主义者。布罗斯深有感触,不想变为温室的写作者,"我不能设想我的书是'作品',因为在写它们时很少有'作'的意味。那一直都是我的活动反映。我去钓鱼、野营、划船,文学的素材就成为这些活动的收获"。布罗斯不是科学家,他不会严格地记下鸟儿生存的情态,写成研究报告向世人公布。

　　美国进入高速的工业时代,社会发生了很大的变化,人与人之间关系冷漠,人们疯狂地追求物欲,享受金钱带来的欢乐。布罗斯离开了城市，他朝着相反的方向走去。他并不是保守主义者，抱着传统不撒手，而是以敏锐的眼光，感觉浮华之外的东西。1872年，布罗斯在哈得逊河畔的西园买了一块地，建立自己的农场，取名为"河边"。1885年布罗斯辞掉银行的工作，放弃优厚的物质生活，在乡间种植果树并专心写作。《布罗斯散文选》是一本综合集子，其中选了很多的日记。日记是自然主义作家喜爱的表现形式，爱默生和梭罗的日记在美国文学中是重要的一部分。约翰·缪尔的《夏日漫步山间》，是他的旅行日记。爱默生写道："要保持一部日记，对真理访问你的心灵，要作为荣誉加以重视，并记录下来。"日记传达信息，他想了解另一种生命的状态。他并不是记流水账，什么时间和某人会面，喝茶聊天，接到名人的电话和签名的书，花多少钱买了一本书。1866年1月27日，布罗斯写道："自然不愿被人征服，但自愿献身于她的真正情人——那痴情于她的人——在她的海里沐浴，在她的河流上航行，在她的森林里野营，只要没有什么唯利是图的目的，她接纳他们所有的人。"布罗斯不是大段地说教，对自然肤浅的直白，或者停留于事物的表面上，而是极为清新和亲切。

　　人在大自然中不会有太多的欲望，呆在林中听鸟儿叫，呼吸清爽的空气，人世间的烦恼，被自然的堤坝挡得远远的，心净得犹如树上的叶子。躲雨的布罗斯和农用的东西挤在一起，一只古旧的摇篮，引起他很多的思绪。"当外面大雨滂沱，树枝剧烈摆动时，我多么想听听它的历史和它曾经摇过的人的生平故事。在摇篮上面是一只北美翁的窝，它筑在橡子后面的柴枝上；巢的主人没有飞走，它的故事不难读到。"这一天在人生中不过是普通的日子，没什么猎奇的经历，在乡村的棚子里，鸟巢和旧摇篮不是遇到的新鲜玩意，而是阅读岁月中人的故事，自然与人生。布罗斯写出如此动人的文字，大自然是最好的老师，它教会布罗斯的写作方法，没有多余的铺垫和宏大的论说。"在文字中除开真实就没有什么有价值的东西了。"这是他的创作道德观,也是衡量文学的标准。

布罗斯的书是给"精神贵族"读的,他不属于哪个时代,而是永远的存在。

2007年3月20日于抱书斋

在雨天和海明威相遇

圣米歇尔广场的边上,有一家咖啡馆,那是海明威经常去的地方。巴黎深秋的一天,枯叶被风雨卷走,海明威不想回到冰冷的屋子里。他在街道上,看到路面潮湿得发黑,小店铺关门,还有魏尔伦去世的那家旅馆。他顶着风雨,走到熟悉的咖啡馆。

海明威推开门,旧雨衣晾在衣架上,毡帽随意地放在椅子上。咖啡馆里充满暖意,侍者端来热咖啡,他拿出笔记簿和一支铅笔,在这里写他的小说。海明威用铅笔写作,在写作中间不时地停下来,磨秃的笔芯中断文字前进的脚步,需要重新削尖铅笔。他不是用小刀削铅笔,而是用卷笔刀,刨出螺旋形的木片落在盘子里。我对铅笔有特殊的情感,这可能和童年的经历有关。现在我也使用铅笔,读书时看到重要的段落,在下面画一道线,重读和寻找资料。习惯已有多年了,铅笔夹在耳朵上,读书和做工一样,必需付出真情实感。我选择铅笔要求极严格,因为在后来的日子,要与之同甘共苦,去经历沧桑的风雨,读一段段感人的文字。

书中的巴黎和现在的季节差不多,永远地凝固不动。而我坐在书房中不是咖啡馆,窗外的雨暂时停了。窗外的四楼下有一片空地,夏天种满青菜,现在黄花败落,秧蔓枯瘦,叶子变黄。不大不小的雨,将秋虫的叫声清除得一干二净,我看到秋雨收割残夏的情景。

海明威在咖啡馆,喝了一口咖啡。透过史密斯家的后门,向外面眺望,穿越湖边的树林,莉芝在想念吉姆·吉尔姆。他沉在密歇根州北部,那里发生的动人的故事中。海明威在小说中写到酒,他感到口有一点渴,向侍者要了一杯詹姆斯朗姆酒。这时一个姑娘带着雨意走进咖啡馆,选了临窗的位子坐下。海明威注意到,把她比作一枚"刚刚铸就的硬币"。海明威有些乱意,很想把她写进作品中,海明威说:"我见到了你,美人儿,不管你是在等谁,也不管我今后再不会见到你,你现在是属于我的,我想。你是属于我的,整个巴黎也是属于我的,而我属于这本笔记簿和这支铅笔。"我曾经说过,海明威不是来消遣的,而是以作家独特的目光观察、了解复杂的巴黎社会,记下清苦而难忘的日子。海明威的叙述,它让人懂得了什么是爱,什么是恨,什么是友谊。许多过去的事情,只要轻轻地抚去,人和事清晰地浮现。人们回到久远的巴黎,闻到咖啡的香味,又一次看到了端着高脚杯、喝酒凭窗远眺的艺术家们。

我观察到海明威的目光,停在姑娘的身上太久,不愿搅乱他的情感,从书中移开向窗外眺望。一阵落雨声挤满天空,涌进来的空气,呼吸起来潮潮的。

海明威端起高脚杯,喝着白葡萄酒,叫了一份有淡淡金属味的牡蛎的时候,我合上书,将遥远年代的巴黎和海明威埋在书中。我收回思绪,离开旧巴黎的咖啡馆,让海明威安静地独坐。我变换一下姿势,坐在白蜡杆的椅子中,我中断阅读,度过潮湿的下午。

2008 年 9 月 19 日于抱书斋

寻找《小银和我》

希梅内斯的《小银和我》，是我在八十年代初就有的一本书，人民文学出版社的版本。这本书，我未把它看得多么珍贵。转眼之间，由二十几岁步入中年，我却在苦苦寻它。

那年我随父母来到小城，举目无亲，兄妹又多，家里的经济条件不太好。退休的母亲为了使生活富裕些，又从家庭走出，到了"文宝斋"书画店做临时工作。店面在繁华的街道上，一整天被外面的噪音包裹，清闲没有顾客时，她就看马路上往来的人和奔跑的汽车。母亲年纪已经不小，经常还要去济南、博山、临淄提货。滨州不通火车，交通极其不便利，长途汽车是出入的唯一工具。公路的路况差，没有高速公路和性能好的豪华客车。冬日的黄昏，巷路两边的居民区飘起炊烟，母亲疲惫的身影出现在暮色中，我还不理解这模糊的身影。

店铺是由平房改建的，闷热，空气不流通，一架小台扇，吹出的风解决不了大问题。冬天生铁桶般的炉子，烟囱伸向窗外。烟囱的接头处，铁丝吊挂的罐头瓶子，接着渗落的脏水，隔一段时间就要倒污水。吐出的黑烟喷向马路，被寒风撕成碎片。屋子里的货架，摆着一摞摞宣纸，大小不一的毛笔，各种篆刻用的石料。墙上挂的书画有河水，一脉起伏的山峦，饱含墨汁的大字，隐藏金石的神韵。在布满古典气氛的环境里，我懂得了许多文房四宝和书画的知识：湖笔、徽墨、宣纸、端砚、颜真卿的楷书，杭州的西泠印社。柜台的一侧有图书专柜，摆放新进的书。每次我去店里帮做些零活，在图书专柜前转悠，看一本本书，有一种渴望。我喜欢希梅内斯的《小银和我》，不是对书有了解，只是喜爱书的封面。竖着耳朵的毛驴，跟在留长胡髭、倒背手的主人的身边，喜爱和读懂不同。初到异乡经受漂泊的苦涩，我还没有正式工作，口袋里常常空荡荡的。《小银和我》这本书价格低廉，定价是0.87元，我却无一分钱买它。母亲掏钱买下送给我，当时并未太在意，只是被书中的插图吸引。

后来我有了书房，买了大量的书，对于文学的情感发生了质的变化。

希梅内斯是西班牙现代主义诗歌的代表人物，他的创作得到了鲁文·达里奥的关照，他在评论中写道："我刚刚读了一位新近出现的安达卢西亚诗人的作品。他刚刚走上文坛，但却已经是西班牙最细腻的行吟诗人。"

每次走进书店，在卷帙浩繁的书中，我想象遇见那本小册子。一次去济南探家，去了山东大学附近的一家不大的书店。窄小的空间挤满书，我看到漓江出版社出版的诺贝尔文学奖作家丛书，其中有希梅内斯的《悲哀咏叹调》。这是他作品的合集，收入诗歌、书信和他的散文名篇《小银和我》。红色的底衬，印着诺贝尔金色的头像，黑体字的书名像沉稳的基石，自然而和谐。封面的设计者，是著名的书籍装帧专家陶雪华先生。我翻开书见到希梅内斯的照片，黑白的照片，我目睹大师的肖像，广阔的额头，仿佛他故乡富饶的土地，贮蕴语言的矿藏和朴素的思想。一双眼睛漠漠地注视，作家感受无奈的悲惨的现实，这沉默中有诗人的声音。浓密的胡髭，那么忧郁的诗人，潜藏厚重的情感。

那个夜晚是一年中最热的时候，我在书房寻找《小银和我》，满身汗水淋漓，我绝望地放弃。

诗人的故乡韦尔瓦省的摩格尔，是他安息的地方，那片土地因为诗人而声名鹊起。充满诗情的土地，人们是不会忘记的。"毛茸茸的小银玲珑而温顺，外表是那样的柔软，软得通身像一腔纯净的棉絮，未有一根骨头。有一双宝石般发亮的眼珠，坚硬得像两颗精美的明净的黑水晶的甲虫。"希梅内斯是一棵树，在故乡的土地扎下根，汲取丰富的营养，从内心往外流出真诚。著名作家严文井说："西班牙诗人希梅内斯为小银写了一百多首诗。每首都在哭泣，每首又都在微笑。而我却听见了一个深沉的悲歌，引起了深思。"

汽车在城市穿行，爬上立交桥又跌落下去。长途客车载着昏昏欲睡的乘客，突破城市的包围，坚定地向前方奔跑。我伴随这本书，开始短暂的旅行。

回到滨州的家中，夜晚抖开黑色的大衣，窗外少了白天的吵闹，我可以读心仪的书。

有一天我起身去书架前，找另一本书的时候，微微弯下身子，看见了《小银和我》，这本书每天都和我相见。

岁月远去，一本书留下了。

2000 年 9 月 20 日于抱书斋

文学不是一架梯子

　　文学不是一架梯子,借着一棱棱的撑子,攀升到什么地位,得到名呀利呀。它是心灵的表达方式,是对世界和人生的深刻体悟,它是将生活的矿石投进生命的火炉中锻造,经受精神火焰的烧炼,发生质的变化。人与世界,人与人,人与事,绝不是凭写作技巧,和编一个三角故事完成的。好的作品之所以成为经典,保持这样久的活力,是因为经过时间的淘洗和它的真实。

　　如果写作者把文学当作梯子,想通过它有不纯的目的,那么有一天,梯子终会折断。梯子竖在平面上,稍不注意要出危险。它没有深扎在土地上,没根性就会轻飘。梯子是临时的工具,不可能长期使用。文学却不同,它有血有肉有鲜活的生命。文学的根离不开土地,离不开丰富的生活土壤,它不能像梯子一样,移来移去。

2008 年 4 月 17 日于抱书斋

第二卷 激情的诗人

我看到风雪中的诗人,为了儿子,为了人类在乞求一点火,她要取出焰,一缕焰烘暖冰冻的人们的身体。她伸出母亲的手,举向苍凉的天空,那里有一轮昏暗的太阳。

请把灯盏一起拿去

人的声音对我而言并不可爱

旧历1889年6月11日，在黑海岸边的城市奥德萨郊区的大喷泉，阿赫玛托娃出生了。她的呼喊伴随海浪声，给海军工程师父亲的家中，又增加一个小月亮。煤油灯的光线，照在方格毛毯上，映在墙上胡桃木框的镜子里，多少年后，她怀念那段老俄罗斯时代。

在家中六个孩子中，阿赫玛托娃排行第三，这个序位是命运的安排，但也给了她太多的自由和快乐。她五岁的时候，家里发生的事情影响了她的一生，她敏感的心，突然间长大许多。四岁的妹妹丽卡住在姑妈家，小小的年纪，经不起肺结核病的折磨，过早地离开她们。天塌地陷般的震裂，使童年的阿赫玛托娃笼罩在悲剧的影子里。

11个月大时，阿赫玛托娃全家迁往北方的巴甫洛夫斯克，在那里生活过一段时光，后来一家人来到了皇村。这是一个令人向往的地方，不仅是它的名字，普希金在这里度过少年时代。热爱诗歌梦想的少女，走在普希金曾经走过的大花园林荫路，心情是何等的激动。奶妈带她去牧场和花园玩耍，还有那一座老旧的火车站，每天都有来往的火车把人从远方运来，又带人踏上旅途。生活不停地变化，皇村迷人的建筑和自然风光，形成她的诗歌源头。

每年一到夏天，全家人回到黑海边上，住在斯特列滋海湾。附近赫尔松涅斯修道院的钟声，海水的涌动声，让阿赫玛托娃有冲动，她与它们成为好朋友，听到它们的声音，她会快乐得想歌唱。

阿赫玛托娃的家中藏书甚少，她获准在假期阅读仅有的一本涅克拉索夫诗集。母亲茵娜·埃拉滋莫夫娜，是一位多愁善感的女性，病痛使她更多一份柔情。她给孩子们朗读涅克拉索夫诗，阿赫玛托娃这时写了第一首诗。父亲戏谑地把她称为"颓废派女诗人"，当得知女儿真要写诗时，他生气地说，不要玷污他高贵的姓氏，有自己思想的女儿说"我不需要你的姓氏"。阿赫玛托娃未被压力吓倒，她无悔的回答，让俄罗斯的诗歌月亮悄然升起。"她选择了一个鞑靼姓氏——金帐汗国末代国王的姓。正如她后来所说，对于俄罗斯诗人而言，这是一个奇怪的姓，但她的曾祖母姓阿赫玛托娃。而且在俄罗斯南方鞑靼聚居的地方，她总能感觉到某种神秘、迷人的魅力。"

阿赫玛托娃按着自己的意愿，选择写诗歌的名字，父亲的姓氏离她远了，而诗歌离她更近。这个奇怪的名字，在未来的俄罗斯诗坛上，发出强大的光芒，这是她父亲想象不到的。

阿赫玛托娃10岁考入皇村的一所学校，几个月后，她突然得了一场重病，昏迷一个星期后，所有的人都感到没有救活的希望，等待死神的降临。她在生与死的搏斗中，凭着充满活力的身体战胜病魔，因为她的诗歌道路才开始。她的病是好了，但耳朵失去听力，通往声音的道路被切断，只能看到人们嘴在动，不知说些什么。大病不仅折磨肉体，还把她和这个世界相隔起来，却把诗的世界送给了她。对这个多舛人生，阿赫玛托娃这么小就感受到了。剃光头发的女孩，目光中叠满忧郁，过早地露出沧桑，阿赫玛托娃认为，她的诗歌与这场大病有紧密的联系。

阿赫玛托娃的家庭复杂，母亲多病的身子，多少对家庭有影响，但母亲清澈的眼睛，让阿赫玛托娃的心灵得到了安慰。在残酷的生活中，这是送给童年孩子的最好礼物。回忆童年时的情景，她在诗中写道：

> 我的童年毫无快乐可言……
> 没有玩具熊，没有卷发，没有雀斑，
> 也没有善良的阿姨，没有吓人的叔叔，
> 甚至没有河里的小石头作友伴。
> 而我在斑斓的寂静中成长，
> 年轻的世纪的清凉的寂静
> 人的声音对我而言并不可爱，
> 我能听懂的只有风的声音。

阿赫玛托娃择漂亮的形容词，用"斑斓"表达寂静中成长的日子。连脸上雀斑都找不到的小女孩，害怕人的声音，只有风的话语她能听明白。皇村是阿赫玛托娃的精神故乡，是她不断回忆和赞美的地方，学者查晓燕在北大的一次讲座中说：

> 在阿赫玛托娃高度个人化的、准自传性风格的诗歌中，尤其是爱情抒情诗中，我们很难看到圆满的爱情，她所写的多是女人失恋、孤独、不幸、绝望、期盼、被抛弃、被背叛、受伤害，这些正是她个人情感生活的真实写照，诗中的种种痛苦、悲哀、嫉妒、焦灼、克制和坚忍也正是她亲自品尝过的。而爱情诗的灵感来源，正是来自于她自身，来自于她在皇村的爱情故事。皇村的每一条小径，每一张石椅，每一片树丛，都刻录着她的一段段或甜蜜、或悲伤

的过往。每一次来到皇村,看到这熟悉的景象,不由得不感叹物是人非。因物起兴,睹物思人。于是,一首首传世佳作就这样诞生在皇村,或是因皇村而诞生。

皇村的位置不是什么都能替代了的,那有着无尽的资源,一根草,一缕风儿都能撞击出灵感。不论在任何情况下,她痛苦的时候,心灵一次次回到了皇村,在每个角落游荡,她变得坚强,并得到强大的力量。

我在黑面纱下紧握双手

1903年,圣诞前的日子,一个男孩子闯进阿赫玛托娃的生活中,他就是少年诗人古米廖夫。

古米廖夫比她大三岁,并且很早就开始写诗了。她出落成为大姑娘了,高高的个子,白皙的皮肤,浓密的黑发,一双灰眼睛吸引住古米廖夫。他称阿赫玛托娃为皇村美人鱼女神,每天放学的时候,都能发现古米廖夫在她家的周围,而他则在诗中呼喊她的名字,还请人画了一幅"海中美人鱼"挂在自己的房间里。阿曼达·海特在传记中写了他们第一次分手的情景:

> 天真无邪的童年生活在1905年猝然中断。一月事件与俄国海军在对马岛之战的全军覆没,用她的话说,震撼了她的一生,而且特别可怕,因为这是第一次。在与海军休戚相关的阿赫玛托娃家中,这个荒谬的惨剧带来的影响更为严重。随后,古米廖夫因为阿赫玛托娃不愿认真地对待他的爱而陷入绝望,在复活节那天企图自杀。阿赫玛托娃对此感到震惊和恐惧,她与古米廖夫大吵一场,从此两人

不再见面。

而早在那年夏天，戈连科一家就解体了：父亲退休后打算定居彼得堡，母亲则带领着孩子们南下叶夫帕托里亚。现在她才感到经济窘迫。而1905年发生的上述事件并未很快传到位于外省的叶夫帕托里亚。

个人的情感和历史的大背景压得她透不过气来。死亡和恐惧充斥诗歌中，缺少同龄人应有的快乐，唯有风的声音，给她带来抚慰和陪伴。她不是皇村美人鱼女神的形象，生活的打击，让她的心灵结下痂痕。

冬天密实的浓雾，使城市淹没在灰色的调子中，人的心情极其沉重，在俄罗斯过去的岁月中，看到古米寥夫和阿赫玛托娃重逢。她不是16岁的少女了，现在已经21岁。在这五年间，她经历太多的事情，对人生的理解，不可能和少女时期一样。他们的相聚不是浪漫的喜悦，当她把命运拴在"灰眼睛男孩"诗人身上时，她未跌入幸福的旋涡里，而是冷静地说："这个婚姻并非他们夫妻关系的开端，而是'终点的开始'。"这是预言，还是她早已感觉到了，作为诗人有冲动的一面，在终生的大事上，不会说出不吉利的话。

1910年4月25日，我看着他们走进第聂伯河后的尼古拉村教堂，举行神圣的婚礼。悠扬的钟声响起，在大地上荡起回声，浑厚的金属声音，传递出祝福和宣告。阿赫玛托娃的家中，没有一个亲人来参加婚礼，他们认为这个婚姻不会圆满，注定要失败。她的心绪杂乱，这样的时刻，无亲近的人到来，只有窗子投进的一缕光照在身上。这点安抚融化不了冰点的心，神父的祝福声带来上帝的爱，更多的是人间的苍凉。我跟着文字来到教堂，看着脸上毫无笑容的阿赫玛托娃，今天是她喜庆的日子，应是在亲朋簇拥中的快乐。四月的俄罗斯大地上，冰雪开始融化，冰凌在河水中撞击向下游流去。

这个季节，婚礼简单地举行，一对新人的生活从清寒中开始了。

1910年6月，阿赫玛托娃和丈夫回到皇村，古米寥夫的母亲住在街心花园街。他的父亲在他们婚后不久，便因病去世了，如今只有母亲独自生活。

古米寥夫的心态发生变化，诗人的翅膀被家庭拴住，挂上沉重的大锁。爱情和家庭不是一架天平上的砝码，诗歌的热情一旦被扑灭，诗人就要死亡了。9月25日，踏着初秋的季节，古米寥米沿着阿比西尼亚进行长期旅行。他把爱人抛在远方，暂时恢复自由，追寻诗歌的激情。"在阿赫玛托娃笔下，爱情并不是一种供消遣的嗜好，也不是赐予，就年龄来说是无可非议的情欲的一种礼品。它富有深刻的内涵，是衡量人的尺度，是不可取代的并能增加人的内心'负荷'的一种东西，是在无法忍受与无法克制的情况下流露出来的。"

分别激发出的情感，使阿赫玛托娃闯进诗歌的创作中，她人生的第一本诗集《黄昏》，大多数诗都是在街心花园街创作完成的。她走出青春的稚嫩，成为诗人的妻子，幻想变成现实的冷酷：

> 我在黑面纱下紧握双手……
> "你今天怎么这般憔悴？"
> "因为我用浓浓的忧愁
> 把他给灌得酩酊大醉。"
> 怎能忘记？他离开时
> 嘴歪眼斜，头重脚轻……
> 我没扶栏杆，跑下楼梯，
> 追赶着他，直到大门。
>
> 我气喘吁吁地喊道：
> "刚才是玩笑。你走我就死。"

他平静而可怕地一笑，

对我说："别站在大风里。"

美人鱼死亡了，当她真正变成了人的时候，必须忍受世间的苦难，不断出现意想不到的事情。心灵的破裂，不是什么都能修补了的，时间无法帮助它恢复，阿赫玛托娃的思考在扩大，诗歌中的痛苦渗透出来。1911年的秋天，经过短暂的离别，古米廖夫夫妇又回到皇村，他与诗人谢尔盖·戈罗杰茨斯基商量，决定成立一个青年诗人团体，定名为"诗人车间"。这个团体共有15人，阿赫玛托娃是其中的一员，她负责向每个成员分发绘有"诗人车间"标志的开会通知。

在一次聚会上，古米廖夫倡导远离象征主义，并提出"阿克梅主义"，这是出自希腊语的"阿克梅"一词。另一位主力诗人，曼德尔斯塔姆在他的《阿克梅派的早晨》里说：

阿克梅派的锋刃不是颓废派的匕首和针芒。阿克梅派对于那些充满建设精神的人来说，并不畏缩地拒绝应负的重担，而是愉快地挑起这副重担，以便唤醒这沉睡中的力量，并将用于建筑。建筑师说，我在营造，这就是说，我是正确的。我们最珍惜的就是诗作中的这种认为自己是正确的意识。与此同时，轻蔑未来派的钓鱼玩具，对于他们来说，用一根编织针去钩起一个难词，就是最高的享受。而我则将哥特式结构引进词与词的关系，就像巴赫在音乐作品中确立哥特式结构一样。

阿赫玛托娃和"阿克梅派"联系在一起，她的诗保持自己的风格，大多为12至16行，每一首诗都有情节，讲述完整的故事，因此她确立了俄国抒情短诗的形式。

1912年10月1日，古米廖夫夫妇的儿子出生了，爱情的结晶，并不能给他们的婚姻带来新的快乐。危机耐不住性子，伸出触须想缠住对方，阿赫玛托娃不是贤妻良母型的妻子，持家护儿，一切为丈夫牺牲。她是独立的女性，有自己的人生追求，她与古米廖夫看上去是天生的一对，她难以忍受的孤独，却不会因为有了爱情而彻底治愈。古米廖夫无法理解她的心灵世界，所以同在一个屋檐下生活，心与心贴得并不最近。儿子不是送来更多的幸福，却让阿赫玛托娃思想更复杂了。婆婆一直瞧不起她，但她还是决定把儿子托付给婆婆照看，因为她意识到自己不会是个好母亲。儿子离开她的怀抱，她远离这个家。

这儿一切都像以前一样，
这儿仿佛是徒劳的梦幻。
在房子里，在不通车的路旁，
须得早早关上护窗板。

我静静的房子冷漠而寂寥，
透过一个窗子窥视村子。
在里面有人取出一个活套
然后大声斥责那个死的。

无论他是忧郁抑或窃喜，
只有死，才是伟大的凯旋。
红毛茸茸磨损的椅子里
他的影子有时在闪现。

晚间布谷鸟充满喜悦,
全都听见他清晰地诉说。
我透过罅隙看见,
盗马贼在山脚燃起一堆篝火。

烟雾在地下低低飘浮,
预言那阴雨天将来临。
我不害怕,我只向它祝福,
那深蓝色丝制的小绳。

诗写于1912年5月,阿赫玛托娃的儿子还在腹中,一条新的生命未出生,她就有感觉。那条"深蓝色丝制的小绳",是在阴天下雨的日子得到的祝福。心灵关上门板隔离一切,她要守护自己的阵地。她和家的裂缝越来越大,单薄的身子背负着痛苦,行走在追寻的路上。

心灵是一个多棱镜

冰雪覆盖的列宁格勒,长长的队伍,排在监狱的大铁门前,在探监的排列中,阿赫玛托娃不是诗人了。俄罗斯的诗歌月亮作为母亲,急切地等待跨进那道门,看望自己的儿子。

寒冷使身体变得僵硬,每移动一步都十分艰难。人们的话语被冻结,沉默把情感包裹起来,不允许发出声音。盘踞雪地中的高大的狱墙,铁色的大门,它们和清寒形成恐惧的压迫。阿赫玛托娃当时生活极其贫困,勉强以黑面包果腹,多病的身体,不足以长时间待在户外。阿赫玛托娃为了看儿子一眼,送一点东西,她经常夹杂在一眼望不到头的队伍中。有时实在支持不住,就会让朋友们代替她排队。

2011年12月30日,我从滨州赶回济南的家中,陪父母迎来新年。汽车在220国道上奔跑,撞开浓厚的雾,望着车窗外,湮没在雾中的树和大地,压抑得人透不过气来。明天就是新的一年了,新旧交替的日子,总有一些心事。晚饭后,在书橱上随便地翻阅,抽出来的是2008年第5期《随笔》,刊登筱敏写阿赫玛托娃的文章。她的笔触把我一下推远,投入到冰寒的俄罗斯之中:

> 荒凉的城,仿佛每夜里遭受一场雪崩。每个新的日子,带给人们的是熟人和亲人被捕或死亡的消息。动身赶去晨祷的路上,新雪的气味扑面而来,鲜活,刺目,令人惊悚。伤口一道道在雪地上绽开,公园里的每个花坛,像一座座新坟。那个乞求她用笔写下来的女人,是试图向她借火的人。一座被暴风雪围困的城,人们冒雪走在无法行走的路上,是人们认为偌大的城总该藏有一点炉火,总该有人保存火种。而阿赫玛托玛自己站在城的严寒中,这个被雪崩摧毁了的母亲,悲号着,她更需要遇到一个藏有火种的人。

我看到风雪中的诗人,为了儿子,为了人类在乞求一点火,她要取出焰,一缕焰烘暖冰冻的人们的身体。她伸出母亲的手,举向苍凉的天空,那里有一轮昏暗的太阳。筱敏的文字闪烁寒气,结在白雪一样的纸上,荡起的风雪打得眼睛生疼,似乎有一滴泪流了出来。我关掉灯,黑暗中听着窗外响起鞭炮声,在新旧交接的时刻,应该是读一些有暖意的文字,想快乐的事情,带着好心情迎来新的一年。

爱嘲笑人的女人
所有朋友的宠儿,

> 皇村那欢乐的罪人,
> 你的生活究竟发生了什么——
> 你是来送东西的第三百个,
> 站在十字监狱的大门
> 你用自己的眼泪
> 燃烧着新年的坚冰。
> 那儿监狱白杨在晃动,
> 悄无声息——那儿有几许
> 无辜的生灵结束了一生。

从1925年以后,诗歌创作道路似乎终结成为过去,阿赫玛托娃过着痛苦的生活,黑暗的年代,浓云重压俄罗斯的天空。强权者的铁手扼住诗人的喉管,不允许发出声音,歌颂生命、爱情、梦想,强迫她沉默,改造成无思想的工具。在镣铐和黑洞的枪口面前,很多人低下高贵的头颅,举起双手屈服,丧失自己的尊严,变成驯养的"良民"。过去所谓的朋友们远去了,躲在阴暗的角落,一双双惊恐的眼睛观望,害怕与她牵连上。那座历史悠久的城市,又一次经历民族的苦难。在精神沦丧的时代,阿赫玛托娃是俎板上的祭品,不能自由地歌唱。在红旗下,苏维埃政权不需要她这种情调的人,那个年代贫穷和饥饿不可怕,可怕的是失踪、逮捕、流放、监禁。

在阿赫玛托娃喷泉街家中时,不敢小声说话,有时大意了,她惊醒似的停止话头,接着用目光指一下天花板。她把用铅笔写在纸上的文字,迅速递给利季娅·丘科斯卡娅。阿赫玛托娃还要做出聊天的情状,不断大声地说:"喝茶吗?"利季娅·丘科斯卡娅将新写的诗背读,记熟以后将纸片递给阿赫玛托娃。她划了一根火柴,当磷片擦出一团火焰,荧荧的光焰,散发出一撮灼热,扩开一片纯净的区域,火焰的穹顶,蹿向纸片和上面的诗行。孤独的火燃尽自己的生命，将要熄灭的时刻，它同时完成一项壮举，终于可以躲进记忆中。烟灰缸中留下一堆纸的灰烬，它显得那样轻飘，轻轻地吹一口气，它们会飞起来。利季娅·丘科斯卡娅写了《诗的隐居》，这是关于诗人的一些札记：

> 我渴望写她，因为她本人，她的话语和一举一动、她的头颅、肩背和手的动作，都是那么完美无瑕，在这个世界上，她的那种样子，只能是那些伟大的艺术品才具备的。阿赫玛托娃的命运乃是某种甚至比她自己的个性本身都更伟大的东西，当时，就在我的眼前，从这位著名而又被抛弃、强大而又羸弱的女人身上，一座表现悲伤、孤独、高傲、勇敢的雕像，浮现了出来。从童年起，对阿赫玛托娃先前的诗作，我就已经背得滚瓜烂熟，而她新写的诗作，伴随着凑烟灰缸烧纸的手部动作，伴随着羁押解监狱白墙上清晰地映出的、淡蓝色的、有着鹰钩鼻的侧面剪影，如今，却以如此不言喻的自然和朴实，走进了我的生活，犹如早已走进我生活中去的桥梁、伊萨基耶夫教堂、夏园或滨河路一样。

唯有诗歌是勇敢的海燕，迎接狂风暴雨，穿越黑色的天空。折不断的翅翼，温暖凄冷、残破的心，始终和阿赫玛托娃紧密联系在一起。忍受苦难的折磨，背负沉重的十字架，渴望重见万里晴空，喊出胸腔中压抑已久的浊音。活下去为了诗歌，为了唯一的儿子，作为母亲、诗人，她要抵抗权力，避开警犬似的眼睛。阿赫玛托娃写下的诗，偷偷地读给最后的几位挚友，让诗句的年轮在生命之树中旋动。当确信他们记住了那些诗句，凝视充满感情的文字，她颤抖着划了一根火柴，枯瘦的手挡住刮来的寒风，点燃生命谱写的诗句。纸在火舌中蜷曲，一行行诗，化成黑色的蝴蝶随风而去。阿赫玛托娃在她的著名长诗《安魂曲》代序中写道：

　　在叶若夫恐怖的痛苦岁月里，我在列宁格勒监狱的队列中度过了十七个月。有一次，一个人"认出"了我。那时，一个站在我背后嘴唇发青的女人，她当然从来不曾听说过我，从我们都习以为常的麻木中惊醒，在我的耳边问（那里所有的人都悄悄地说话）：
"您能把这写下来吗？！"
我说：
"能。"
于是，一丝微笑在那曾经属于她的脸上掠过。

　　1937年4月1日，列宁格勒被清寒包围，还在等待春天的到来。阿赫玛托娃在这座阴森的大墙前，度过了十七个月，疯狂的暴风雪，无法把她们的肉体消灭，终于熬过了该死的冬天。阿赫玛托娃读到一丝笑意，在嘴唇发青的女人脸上闪现。就是这个笑，有了让她活下去的勇气。"然而，只要是爱，尤其是那种悲剧性的爱，就会是对人的一种提升。它会把诅咒变为怜悯，会使痛苦得以生辉，会使一个诗人学会从命运的高度来看待个人的不幸。阿赫码托娃对得起这么多年以来受的苦难，她通过这首诗的写作，不仅着力揭示一个诗人与历史的宿命般的关联，也将自己推向一个伟大诗人的境界。"

瞄准我们的心脏

　　纤长的、非俄罗斯的身材——
　　在粕粕巨册上。

土耳其的纱丽
像斗篷一样垂下来。

你把身材托付给了
一条破碎的黑线。
快乐中有寒意,而你的
忧郁中又包含了暑热。

您整个一生——是寒热,
它将会有怎样的结局?
年轻的恶魔
额头布满了阴云。

对您而言,地球上所有事情
都不过是小事一桩。
赤手空拳的诗行
瞄准了我们的心脏。

在睡意朦胧的清晨,
似乎四点一刻,
我已经爱上了你,
安娜·阿赫玛托娃

  1915年1月11日,茨维塔耶娃写下了这首献诗,表达对阿赫玛托娃的友爱。她们还不相识,只是在诗中结识拥抱了。
  1940年6月,阿赫玛托娃来到了莫斯科,住在阿尔多夫家里,为了儿子获释,她在四处奔走。

有一天，帕斯捷尔纳克打来电话，向她说茨维塔耶娃也在莫斯科，并且极想和她见面。茨维塔耶娃有诗赠给她，两人之间有过书信来往，但一直没有机会碰面。两位女诗人的会面，不是什么惊天动地的大事，却是俄罗斯诗歌界的重要事件，尤其是她们都在最艰难的时期。阿赫玛托娃的儿子还关押在监狱中，茨维塔耶娃的女儿遭到逮捕，在劳改营服刑。她们同是苦命的人，更重要的都是母亲。受罪的人是从她们身上掉下的肉，她们的血脉紧密相连。

茨维塔耶娃走进了奥尔登卡大街17号，在二楼13号被称为"柜子"的房间里，是维克多·阿尔多夫听到敲门声，为她打开的房门。她们的相见，并不是激情的拥抱，只是礼貌性地握了一下手，彼此问候一声。然后一同进入阿赫玛托娃住的房间里。那扇门关上，俩位母亲诗人躲在里面，一天中未跨出门一步，谈些什么东西无人记录。这次交谈是心灵和心灵的对话，她们将情感倾泻出来，时间对于她们不存在了。

第二天，茨维塔耶娃打来电话时，阿赫玛托娃还在睡觉，并说很想再同她相见。阿赫玛托娃告诉她在尼古拉·哈尔吉耶夫家会面。安娜·萨基茨在茨维塔耶娃传记中，记录了女诗人第二次相见的情景：

> 哈尔德日耶夫回忆说，阿赫玛托娃沉默的时候居多，茨维塔耶娃正好相反，说话很多，而且"常常从凳子上站起来，居然能在我八平米的小屋里来回走动"。她谈论赫列勃尼科夫，去年哈尔德日耶夫和格里茨出版了赫列勃尼科夫一直未能出版的文集；她谈论帕斯捷尔纳克，似乎他有意躲避，不想跟她见面，她已经一年半没有见过他了；她还谈论西欧的电影，谈论美术。她们声音里有痛苦，有倔强，也有固执与自信。这次聚会以后，阿赫玛托娃不无幽

默地说，跟茨维塔耶娃相比，她就是"母牛"，她这样的说法反倒衬托出了自己沉稳、平易近人以及温柔随和的性格。她的痛苦（她正在为受迫害的儿子四处奔走）深深地埋藏在内心，她不想让别人觉得她是个不幸的女人。茨维塔耶娃同样不想让她的悲凉心情流露出来，但是她无法掩饰天生的直率秉性（现在，这种秉性越来越强烈了），仿佛无意间在告诉别人：我出生在这个世界非常不幸。她容易冲动，说话尖刻，神情疲惫，这些特点与阿赫玛托娃恰恰形成反差与对照，"哭泣的缪斯"虽然也贫穷、不幸、无家可归，害怕跟踪监视，却不失女王般的高贵气质与从容淡定。

阿赫玛托娃小包里，总是带着茨维塔耶娃的诗歌手稿，这是给她的献诗，由于长时间的磨来撞去，手稿的纸张破碎，后来再无法带在身边了。从此以后，她们没有机会再碰面，为了生存，天各一方，心中却装着对方。1941年8月31日，因为战争爆发，茨维塔耶娃疏散到叶拉布加，不久以后，在一幢尖顶的木头房子里，她用一根小钉子和绳子，结束了自己的生命。

她是一位人类纽带的诗人

1941年6月22日，德国法西斯军队入侵苏联。阿赫玛托娃忘记了身陷囹圄的日子，她是不会嫌弃母亲的。在炮火连天，狂轰乱炸的日子，生命随时会被战争的机器吞噬。祖国到了最危险的时刻，爱国的激情、民族的使命感，驱使她投入保卫祖国的行列。阿赫玛托娃戴着防毒面具，背着一只小包，将生死置之度外，奔走在断垣残壁的街头，通过电台向列宁格勒的妇女发表演讲，那时她是诗人、是战士。卢克尼斯基回忆起当时的阿赫玛托娃,"身着皮袄,戴着头巾,身体虚弱,健康情况很差"。

我亲爱的列宁格勒的市民们、母亲们、妻子们、姐妹们!一个多月来,敌人以武力侵占威胁着我们这座城市,对它造成严重的伤害。敌人以死亡和侮辱威胁着这座彼得大帝的城市,列宁的城市,普希金的城市,陀思妥耶夫斯基和勃洛克的城市,拥有伟大的文化和劳动创造的城市。我和所有列宁格勒人一样,在这样一种念头下感到震撼:我们的城市,我的城市会遭到践踏。我的一生与列宁格勒紧密相连——正是在列宁格勒我成了一名诗人,我的诗歌与这座城市息息相关。

现在我与你们大家一样,始终抱有一个不可动摇的信念:列宁格勒永远不会法西斯化。每当我看到列宁格勒的妇女勇敢地保卫着这座城市又维持着城市的人类日常生活,这种信念在我的心中就更加坚定……

我们的子孙后代将对卫国战争时期的每一位母亲予以应有的评价,特别吸引他们视线的是那些列宁格勒的妇女,她们为了使城市免遭烧毁,在敌机轰炸时,手持消防钩竿和钳子站在房顶上;还有列宁格勒女志愿队员们,她们冲入还燃烧着的建筑废墟中救助伤员……

不,一座造就出如此女性的城市是战胜不了的。我们,列宁格勒人,虽然仍还在苦苦忍受煎熬,但是我们深知,全世界和全世界人民与我们同在。我能感觉到他们在替我们焦虑,能体味到他们的爱心和帮助。我们十分感谢他们,我们将保证始终坚强和勇敢……

1941年9月，阿赫玛托娃坚强地通过电台，向列宁格勒的妇女发表讲演。她羸弱的身体和祖国的命运连在一起，所有的不公正都被抛弃了，她的心中只有人民和亲爱的俄罗斯。约·布罗茨基在长文中，把她称为"哀泣的缪斯"，他尖锐地指出：

> 在某些特定的历史时期，只有诗歌可以对付现实，方法是将现实浓缩为一种可以摸触到的东西，一种否则便不能为心灵所保存的东西。正是在这一意义上，整个民族举起了阿赫玛托娃这个笔名，这可以说明她的知名度，更为重要的是，这使她能为整个民族说话并告诉给民族一些它所不知道的东西。她，实际是一位人类纽带的诗人：这些纽带被珍重，被拉紧，被斩断。她展示了这些进化过程，起先用个人心灵的多棱镜，其展示是真实的。这也许就是人们能对光学所进行的最充分的利用。

卫国战争后，阿赫托玛娃抒写她对日常生活的感受，描写自己的情感世界，重构生命的时间。她的诗不合乎时代的潮流，歌颂政治生活中的重大主题和英明领袖，阿赫玛托娃的举动，受到严厉的攻击。1946年8月，联共中央发布了《关于〈星〉〈列宁格勒〉两杂志》的决议，点名批判左琴科和阿赫玛托娃，把他们开除作家协会，磨难再次降临在诗人的头顶。

一次次沉重的打击，无法改变诗人的品质，无法摧毁她一生的信仰，她坚强地等待明天。

最后的十年，阿赫玛托娃的创作流淌出鲜活的水，滋润干涸的河道。

1966年3月的一天，莫斯科郊外的一所疗养院，阿赫玛托娃走完人生的 67 年。阿克梅的月亮，在初春的早晨陨落。

诗人被安葬在城外，通往湖边的一片松林中，那样的松林、湖泊在俄罗斯有很多。

2012 年 1 月 10 日于抱书斋

把心灵抓在手掌上

过去的事情躲藏在时间的深处

1960年10月,阿霞在老友索菲娅·伊萨科夫娜·卡甘的相伴下,终于踏上寻找姐姐——茨维塔耶娃墓地的旅程。

弃火车,乘轮船,一路上的奔波,复杂的心情和旅途使人难以平静。途中的疲劳,对于年事已高的阿霞够难的了,能找到姐姐的墓地,献上一束鲜花,捧一把泥土是她多年的愿望。她想起往日的深情交谈,听姐姐朗读自己的诗,楼道里响起脚步声,她拎着可怜的食品到来。现在姐姐归于泥土,不会再发出动人的声音,她的诗变成永恒的文字。船桨搅动卡马河的水,在身后抛下一堆浪花,风挟着秋天的气息奔跑而来,阿霞褪色的发丝被风撩乱。她扶在船栏上不肯进舱休息,尽搜两岸的情景,一棵树,一条路,一座村庄,在她的眼中有不一样的意义。当年姐姐无奈之下,带着儿子踏上这段路途,水路通往远方,也是通往天堂的路。湿润的空气浸染,透出忧伤的情调,它精灵般的身体是不是在歌唱姐姐的诗:

沿着凝滞不动的希伯来河,

血红的痕迹，银白的痕迹，
重叠在一起，流滴着——
我温柔的兄弟，我的姐妹！

多少年后，姐妹俩的旅途在卡马河的水路重叠了，她们目的不同，结果也不会相同。叫一声姐姐好沉重，泣血的叫喊是祭奠的供品，阿霞衰老的身体，再经受不住撞击。水鸟儿飞走了，天空静了，水声中漂来姐姐的诗，隐隐听到她焦虑的呼喊。阿霞的手指，微微地一动，风抽得眼角疼痛，但没有泪水了。

2010年10月1日，国庆节长假，我躲在书房里，从敞开的窗前感受吹来的秋风。推开游玩的诱惑，重读茨维塔耶娃的诗歌，读她的自传，还有她妹妹阿霞写的回忆录。记得1995年12月，冬天的风冷得透骨，天又黑得早，离单位不远处的街灯下，每天有一个小伙子，推着一辆地排车卖旧书。车上摆满书，读者必须一本本地挑选，当时阳信的旧书市闻名全国，每天早上，他坐客车到那里收书，用麻袋背回来，晚上就在这里摆摊卖书。那时我四处淘书，在地摊上买了《自杀的女诗人》，茨维塔耶娃第一次，也是永远地闯进我的心中。阿霞的文字流动忧郁的调子，试着读了几次，不忍心读下去。十多年以后，我再读这本回忆录，跟随阿霞走完一段不平常的旅程。

合上布满沧桑的书，过去的事情躲藏在时间的深处，它们不肯见阳光，还是我怕它们见阳光？

白色的平凡和黑色的神圣

"让我依依不舍的只有音乐和太阳"，这是母亲临终时说的一句话，在遥远的东方，有一位中国的学者——萌萌，肺癌晚期。她再无多余的气力站在课堂上，为学生们上一节完整的课。一缕阳光穿越窗子投在地上，多少年后，她的学生田一坡，还是忘不了当时的情景，他写道："突然，她停顿下来。眼眶里涌出豆大的泪水，一直淌到她的面颊。然后她将头慢慢仰向椅子的靠背。她说：'我看不见了。突然的黑暗。'"不久之后，萌萌踏着黑影走了，她的文字留下了。萌萌和茨维塔耶娃的母亲一样，热爱阳光，留恋阳光。母亲最后一次给女儿演奏钢琴，手指挤满病菌，琴声在房间中缠绕，松木板散发出的气息和琴声纠扯，留在茨维塔耶娃的记忆里。1934年，她写下了《母亲与音乐》，再现当时的情景："哎，母亲是多么操之过急呀，又是教我识谱，又是教我识字，还要我读《温迪娜》，读《简·爱》，读《安东·戈列梅科一家》；教我如何蔑视肉体的痛苦，教我敬仰神圣的叶莲娜，教我学会面对众人坚持己见，崇尚自我。"1892年10月8日，茨维塔耶娃姐妹俩出生在莫斯科，父亲在大学教授艺术史，是位有名望的教授，他是普希金国家造型艺术馆的创始人之一。母亲具有音乐天赋，身上兼具德国和波兰的血统，是著名钢琴家鲁宾斯坦的学生。幸运的姐妹俩，降临到这样的家庭里，从出生开始，艺术的爱神就与姐妹俩相伴。音乐与普希金的诗歌，滋养她们的成长。阿霞和姐姐有同样的感受，她在回忆中说："我们在阁楼上聆听着下面大厅里传来妈妈那充满音乐激情的美妙演奏入睡。通过妈妈的演奏，我们熟悉了所有古典作曲家的作品……"姐妹俩的童年在快乐和美中度过，绝未受到杂质的污染。普希金和鲁宾斯坦，诗歌和音乐上的两座高洁的雪峰，带给姐妹俩太多的渴望，在母亲的目光下，她们敲响黑白键盘。

诗歌即命运，命运也是诗歌，茨维塔耶娃对于诗歌有特殊的情感，她把普希金称为"我的普希金"。母亲卧室里挂着的一幅油画，是阿·纳乌莫夫创作的《普希金的决斗》，这幅画影响了她的一生：

再见吧，自由的元素！
最后一次了，在我眼前
你的蓝色的浪头翻滚起伏，
你的骄傲的美闪烁壮观。
仿佛友人的忧郁的絮语，
仿佛他别离一刻的招呼，
最后一次了，我听着你的
喧声呼唤，你的沉郁的吐诉。
我全心渴望的国度啊，大海！
多么常常地，在你的岸上
我静静地，迷惘地徘徊，
苦思着我那珍爱的愿望。
啊，我多么爱听你的回声。

　　普希金纪念像是她们童年散步的地方，围绕纪念像做游戏，背诵普希金的《致大海》。这是她们每天的功课，有时妹妹说："让我们去普希金那里去坐一会儿。"她坚决地纠正妹妹的说法："不是去普希金那里，是去普希金纪念像那里。"茨维塔耶娃说："普希金纪念像使我对黑色有一种疯狂的热爱。这种对黑色的迷恋伴随我一生，直到今天我也会因为那些偶然闯入我眼睛的黑色的东西而感到愉快，譬如，在电车车厢里或者在其他什么地方，只要我身边有黑色的东西，我心里就特别高兴。在我身上同时并存着白色的平凡和黑色的神圣。在每一位黑人身上，我都能体会出对普希金的爱，都能认出普希金的模样——我那启蒙前的童年时代，也是整个俄罗斯的黑色普希金纪念像。"1910年，18岁的茨维塔耶娃出版了诗集《黄昏纪念册》，初入诗坛就引起文学前辈们的注意，但死亡的精灵，在青春的季节偷偷地出现：

基督和上帝！我渴盼着奇迹，
如今，现在，一如既往！
啊，请让我即刻就去死，
整个生命只是我的一本书。

我爱十字架，爱绸缎，也爱头盔，
我的灵魂呀，瞬息万变……
你给过我童年，更给过我童话，
不如给我一个死——就在十七岁。

  茨维塔耶娃过早地闻到死亡的气息，这是她创作所关注的主题。死亡黑色的大氅，暗中跟随她四处漂泊，直到有一天披在身上。1930年，在巴黎的茨维塔耶娃拍了一幅照片，她穿着黑色的短袖衣服，右手贴在胸前，指间夹着烟。她微微地皱眉，忧郁地注视远方，齐耳的短发，显示鲜明的个性。摄影师捕捉到的神情，让我们看到真实的诗人。

  1911年，科克杰别利的家中，茨维塔耶娃认识了谢尔盖·艾伏隆，1912年，他们结婚建立自己的家庭，身份改变了，同时命运改变了。她的第二本诗集《神奇的路灯》出版，遭到很多人的批评。以她的个性和对诗歌的理解，她不会举手示降的，也不会盲目地崇拜，她有自己的普希金。

  20年代的俄罗斯动荡不安，茨维塔耶娃与所有的人一样，为了一口食物，一点取暖的木柴，变卖身边的物品，在艰难困苦中活着，她无法挣脱身上的重负，只有诗使她暂时忘记一切。1919年寒冷的秋天，第一场雪迟迟不肯降临，痛苦急不可待地跑来。送进库恩采夫育婴堂的小女儿，受不住饥寒的折磨，无法和母亲见最后一面，在秋天阴郁的日子里死去了。过去的生活烙在记忆中了，只有在诗歌中一次次重返，茨维塔耶娃为了生存而奔波。1921年，她出版了诗集《里程碑》，诗中写了对丈夫的思念，流露出对前途的困惑：

> 我的灵魂和你的灵魂是那样亲近，
> 仿佛一人身上的左手和右手……
> 我们闭上眼睛，陶醉和温存，
> 仿佛是鸟儿的左翼与右翅……
> 可一旦刮起风暴——无底深渊
> 便横亘在左右两翼之间。

1922年，丈夫随着白军的队伍流亡国外，从此杳无音信。在这乱世的时期，只有闭上眼睛，一切都静下来，幸福似乎伸手可触。短暂的陶醉，带来更多的痛苦，睁开双眼看到的是现实的残酷。茨维塔耶娃多方打听，通过各种渠道搜集丈夫的消息，终于得知他离开军队，进入布拉格大学学习。妹妹阿霞写道："平地一声春雷，一下子既是幸福又是悲伤。玛琳娜得到爱伦堡从国外传来的消息：谢廖扎活着！他在布拉格即将大学毕业……她鼓起翅膀飞到了我这里！"茨维塔耶娃设计美好的未来，想象相聚的快乐，欢乐冲昏头脑，"我要把所有的东西都卖掉，做路费去他那里！"重新找回心爱的人，积压的情感处于喷发的状态中。

1911年5月5日，是值得纪念的日子，这一天改变茨维塔耶娃的命运。她来到科克捷别里，住在朋友沃洛申的家中，在这里一个年轻人出现在面前，他就是她未来的丈夫。十七岁的谢尔盖·艾伏隆，刚从赫尔辛基一所学校来，未想到两人一见钟情，谢尔盖·艾伏隆大个子，身材非常瘦弱，合乎她的审美眼光，充满忧郁的"海的颜色"的眼睛，这是她喜爱的。在这两个月中茨维塔耶娃找到爱情，也认识很多的人，她和心爱的人漫步林间的草地上，黄昏中观落日的变化，窗前听落雨声。这是一生怀念的地方，一幕幕的情景，使茨维塔耶娃思念更加深刻，她什么都不想，只有一个念头，快办好手续。喜悦表露得一清二楚，她不考虑别人的心情怎样，妹妹伤感地说："在我们欢天喜地的节日般的日子里，只有一点没有想到：我，仍然留下了。重新失去玛琳娜！失掉了马夫里基，失掉了鲍里斯——也失掉了她……"阿霞未叫一声姐姐，而是用"她"，这一个字的变化，使她们之间拉开距离，有了时间的概念，她为姐姐祝福的同时，却不敢去想将来的情景。

注视姐姐忙碌的身影，她感到呼吸困难，心中积压的滞重，竟然无法宣泄出来。姐姐要走了，一别何时再见，或许今生不会见面。阿霞情不自禁地说："一张罗马少女的脸，好像一尊铜塑的侧面像，一双眼睛是那样明亮，富于魅力……留给我的遗产是她的四部著作：《少女沙皇》《卡扎诺娃之死》和两部抒情诗集《里程碑》《篝火》。夜深了，这是真正的告别。在无路灯的街角前，黑暗中的神情看不清，茨维塔耶娃把戴的戒指摘下送给妹妹："瞧很好的……我戴了很久。你戴吧！"阿霞戴在指上，从此以后，它如同姐姐一样相伴了。戒指是姐姐的心爱之物，她身体的温度，呼吸和做诗时的状态，都一一被戒指记住了。如今将要走向远方，她将戒指送给妹妹，饱含着深刻的意义。这不但是传送姐妹的情意，还有思念和爱的吩咐。不管分别多久，离别得多么遥远，只要一看到戒指，就会想起两人在一起时的快乐。摘下的戒指，再戴到妹妹的指上，位置转换，人也换了，人和戒指间的感情不同了。分别后的日子，阿霞每一次亲吻戒指，都是在亲吻姐姐，想起她的诗歌。

姐姐向夜的远处走去，很快被吞噬掉。

沃罗希洛夫街 10 号

两位老人来到叶拉布加，找到曾经叫日丹诺夫的老街，现在变成沃罗希洛夫街。沃罗希洛夫街 10 号，租房的房客换了一茬茬，建筑也旧了，一套住宅，一栋小平房的格局毫无变化。仍然住着"布罗杰尔希科妇——米哈伊尔·伊万诺维奇和他身材矮小、上了年纪的妻子阿纳斯塔西亚·伊万诺夫娜"。他们和茨维塔耶娃一起做过邻居，老邻居们讲述她姐姐的事情。那是一个星期六的义务劳动，女房东回家，看到过道间的门锁得不太好，费了很大的劲打开，里面的情景使她大吃一惊。她不敢相信眼前的事实，茨维塔耶娃用一根绳子，吊在横梁的钉子上，离开地板的距离并不是很高。很多人推测，茨维塔耶娃的死与她儿子有很大的关系。她在 1940 年写道："我掂量着死亡已经一年了。但现在还需要我。"茨维塔耶娃斗争很久，她用"掂"和"量"，表述内心的复杂。死亡的那根绳子，左一道右一道地缠绕，理不清又乱了。为了儿子，茨维塔耶娃什么事情都可以做，随着儿子年龄的长大，他的反抗精神越来越强烈，他在日记中指责母亲："母亲像钟摆一样，犹豫不决，到底是留在叶拉布加，还是去奇斯托波尔，她始终拿不定主意。她想让我作决定，可是我绝不作这样的决定，因为母亲犯了愚蠢的错误，我可不愿自己来承担这份罪任。"指责母亲无能，未找到一份好工作，养活他们一家的生活。儿子不理解母亲的心情，不知道母亲所付出的代价。他无情地说道："是的，照我看，您没有别的路了！"母子俩的吵架是在生与死的问题上展开的，生活逼得透不过气来。

有一次我和蒋蓝通电话，我们谈到诗人的死，他说绳子是茨维塔耶娃的儿子，钉子就是体制。茨维塔耶娃临死时，锅里还留有给儿子煎的一条鱼。这是不是暗示，母亲给儿子的最后衷告，人生在生活中煎熬，必须忍受各种各样的打击。儿子是茨维塔耶娃的希望，她和儿子拍了很多照片，在街头一根灯柱前，穆尔抱着柱子，一脸灿烂的笑，而她穿着一条少见的格裙子，深情地望着儿子。林间的空草地上，儿子坐在她的腿上，她充满母爱注视儿子。1935年，那时儿子长大了，仿佛是个小伙子，他光着膀子，双手交叠在膝盖上，而茨维塔耶娃的神情自然，一只胳膊绕过儿子的身后，扶在楼梯的栏上，母子俩的亲密真是令人羡慕。在钉子和绳子构成的陷阱面前，她一定想过这些情景，那些美好的记忆和母子之情，挽回不了破灭感。最后的时刻，茨维塔耶娃给友人，阿谢耶夫写了一封诀别信：

> 敬爱的尼古拉·尼古拉耶维奇！
> 敬爱的尼西亚科娃姐妹！
> 　　我恳求你们能收留穆尔，把他带到奇托斯波尔，最好像儿子一样收养他，让他有学可上。
> 　　我再也不能为他做什么了，对他只是个祸害。
> 　　我的书包里还有150卢布，我的一些东西还可以变卖些钱。
> 　　小箱子里有几部诗集的手稿，还有几包是散文的清样。
> 　　我把这些材料托付给你们，请珍惜我心爱的穆尔，他的身体很脆弱。他值得你们爱，把他当成儿子一样疼爱吧。
> 　　至于我——对不起，再也受不了啦。
>
> 　　　　　　　　　　　　　　　玛茨

一声"再也受不了啦"，字字沉重，撕裂人心。在晴爽的天空下，人们享受阳光的时候，一个诗人躲在不大的空间里，推开绝望的大门。死亡的阴影早已散去，女房东有些惋惜，诗人对生命处理得太草率。阿霞和老友来到了小城，寻找姐姐留下的遗迹，为她的孤坟献一束花，立一块碑石。她们的脚灌满疲惫，衰老的身体里淤积太多的思念。老年的痛苦是真正的痛苦，它和年轻时的感受不一样，尤其是面对死亡。横梁上的钉子还在，攀出斑斑的锈痕，就是这么不起眼的东西，帮助诗人结束生与死的转换。多少年后，阿霞面对小小的钉子，耳边响起的不是哭泣声，而是姐姐的朗读：

> 我们是杨树春天的衣裳。
> 我们是国王最后的希望。
> 我们在古老的杯子的底层，
> 看呀：
> 那里有你的霞光，和我们的两道霞光。
>
> 哦，把嘴唇贴近杯子，
> 一饮而尽。
> 在杯底，你就会发现我们的，
> 名字。
> ……

这首诗写于1913年7月11日，茨维塔耶娃献给妹妹的诗，诗中的姐妹是两道霞光，是新出生的光，带着鲜润的色彩，她们手拉手，在人生的道路上艰难行走。当老年的阿霞站在姐姐出事的地方，注视弱小的钉子，悲痛把她淹没，飘来的朗诵声穿越时空，她听出熟悉的声音，献给她的《致阿霞》，其诗的每一句，早已扎在心中。她的目光向钉子奔去，想融化冰冷的铁钉，化成一行铁水，滴落到

大地上。她身体中缺少疯狂的念头,不可能找到一把锤子,敲碎这颗钉子。林贤治在他的书中指出:

> 她回来了,那么艰难地跋涉归来,可仍然在流浪。梦中的故园。她把莫斯科连同自己贡献出来了,反而遭到另一场无边界、无终期的放逐。几年间,她找不到一份像样的工作。后来,战争发生了。由于德国军队进逼莫斯科,她带领小穆尔,随大批居民疏散到一个偏僻的小城叶拉布加;为了糊口,又随即返回莫斯科,要求作协在迁往叶拉布加的基金会开设的餐厅里给她一个洗碗工的位置,而结果,仍然遭到拒绝。
>
> 剩下的唯有诗篇了。她写,发疯似的写,没有任何力量可以逼使她停下来。没有朋友,没有读者,没有社交,没有爱护和同情,连一手抚养成人的小穆尔也瞧不起她,最后竟头也不回地离她而去。面对一个无动于衷的世界,除了沉思,叹息,呼告和哭泣于绵绵无尽的诗行,她将如何安顿自己?

一根细绳子,一颗钉子,一软一硬配合得默契,一个写出伟大作品的诗人,选择这样的方式,向自己的人生告别。门起着安全保护作用,但有一天被关上,封闭的空间那么脆弱。关闭的门,遮住外面投进的光,也阻挡住过往行人的目光,茨维塔耶娃什么也不关心,过去的事情已成为记忆。门的后面,她的呼吸在空间里飘荡,撞在门上反弹回来。她不是闩死门,而是拿绳子一道道地缠住,结束自己的思想,让情感一点点干涸。

杂乱的绳子,梁上的钉子,它们帮助诗人抒清烦乱,向钉子疾速飞去。茨维塔耶娃写诗的手,精心地整理绳子,它在手中不是象征,而是动词和名词构成的诗行。为自己设计一套死亡的陷阱，这是超强的勇气，死亡在脚下蠕动，门外生乘着风呼啸。她走进死亡的傍晚，带着一身的疲惫和厌倦，把诗歌丢弃尘世间，让它随着时间漂泊。阳光敲响诗的钟声，在另一个世界，她不知道是否还需要诗人。

爱伦堡写到女诗人时说："我生平见过许多诗人，我知道，一个艺术家要为自己对艺术的酷爱付出多大的代价；但是在我的记忆中似乎还没有一个比玛琳娜更为悲惨的形象。她生平的一切：政治思想，批评意见，个人的悲剧——除了诗歌以外，一切都是模糊的、虚妄的。认识茨维塔耶娃的人已所存无几，但是她的诗作现在才刚刚开始为许多人所知晓。"爱伦堡的眼光先锋而又尖锐，有着先见之明。他不是在吹捧，不是预言，而是真实的感受。对诗人说一句公平的评价，不是每个人都敢说，也不是谁都说得出。爱伦堡花费五年时间，写下长篇回忆录，"每当我重读茨维塔耶娃的诗作的时候，我都会突然忘记诗歌而陷入回忆，想起我的许多友人的命运，想起我自己的命运——人·岁月·生活……"一百多万字的回忆录，他选用"人·岁月·生活"作为书名。这是对诗人的尊敬，也是对她的赞美。

茨维塔耶娃为了爱，追随丈夫到了国外，她不愿加入任何圈子里。移民巴黎圈子里的文人们，视她为"异己"，她们之间很少来往。乡音和祖国的土地，也无法把流亡的她们团结在一起，诗歌是茨维塔耶娃的依靠。海明威指出："一个在众人簇拥之中成长的作家，固然可以摆脱他的孤寂之感，但他的作品往往就会流于平庸。而一个在孤寂中独自工作的作家，假如他确实超众，就必须每天面对永恒，或面对缺少永恒的状况。"海明威的深刻，一语道出孤独写作的真谛，以茨维塔耶娃的精神背景，她热爱普希金，是在他纪念像身边一天天长大的。她诗歌的岩浆一旦爆发，势不可阻挡，不会同流合污。诗无处发表，不能停止创作，她远离祖国，思想在那片土地上奔走。思念故土的痛苦，引发诗歌的喷发：

> 只要白昼尚未和它
> 好斗的激情同时站起来，
> 我要从潮气和枕木中，
> 重塑一个俄罗斯。
>
> 从潮气——和木桩中，
> 从潮气——和灰雾中。
> 只要白昼尚未站起来，
> 扳道夫尚未采取行动。
> 在雾霭还在博施爱心，
> 沉重的花岗岩还在酣睡，
> 躲藏在群山之中，
> 棋盘似的田野也隐匿不了风。
>
> 从潮气——和鸟群中……
> 乌黑的钢铁还躺着，
> 传达变幻不定的信息。
> 莫斯科还在枕木的背后！

枕木的背后是遥远的地方，那一定是莫斯科，鸟群穿越钢轨，冲破潮气的阻拦，送来祖国的信息。1928年在巴黎出版诗集《俄罗斯之后》，移民生活使茨维塔耶娃厌倦了，"我移民生活的失败是因我不是移民，我的灵魂始终在那里，在我来自的地方（指俄罗斯）。"她注视祖国的方向，思念变成力量，而女儿阿利娅对母亲的理解是："妈妈两次为爸爸毁掉自己的生活。第一次是离开俄罗斯寻找他,第二次是跟他返回俄罗斯。"女儿从另一个角度,对她进行解读,她不可能理解母亲的举动,也不可能明白故乡是什么。阿霞从诗中读出姐姐的苦痛,站在姐姐生活过的地方,目睹不起眼的钉子,她已经没有眼泪了,有的只是怀念与疼痛。

利季娅·丘科夫斯卡娅是俄罗斯最有良心的女作家,蒋蓝来电话说:"读她的文字,有一种流泪的感觉。"茨维塔耶娃和儿子逃亡到叶加布拉小镇,利季娅·丘科夫斯卡娅目睹真实情况,帮助她渡过难关,记下当时的情况:

> 玛丽娜·茨维塔耶娃面对着门,两眼直勾勾盯着门,身子紧靠着墙,变成一团灰色。
>
> "是你?"她向我扑过来,抓住我的手,但马上缩回手,回到原先的地方,一动不动。"别走!陪着我!"
>
> 也许我应当敲党委办公室的门?但我不能丢下玛丽娜·伊万诺夫娜不管。
>
> 我把玻璃杯在地板上放稳,钻到衣架后面,从里面搬出唯一的一把椅子。玛丽娜·伊万诺夫娜坐下。我又拿起玻璃杯。玛丽娜·伊万诺夫娜移动了一下,拉我空着的那只手,叫我坐下。我坐在椅子边上。
>
> "现在是决定我命运的时刻,"她急促地说,"如果拒绝我在奇斯托波尔上户口,我非死不可。我预感一定拒绝,我就投卡马河。"
>
> 我劝慰她,不会拒绝,如果拒绝,再想办法。当地领导上面还有莫斯科领导。("谁知道有没有,"我心里想,"莫斯科领导现在何方?")我说了很多空洞的安慰话。我说生活中每个人都会陷入绝境,看似山穷水尽,可突然柳暗花明。她没听我说话,头也没转向我,只是死死地盯着

门,跟我说话的时候眼睛也没离开门。

"奇斯托波尔有人,可那边什么人也没有。这里市中心有石头房子,可那边农村连着农村。"

我提醒她,就是在奇斯托波尔她和儿子也不会住在市中心的石头房子里,而是住农村木屋。没有自来水,没有电灯,同叶拉布加完全一样。

"这里有人,"她恼怒地重复刚说过的话,"我在叶拉布加感到害怕。"

这时办公室的门打开了,薇拉·瓦西里耶夫娜·斯米尔诺娃走进走廊。她是我朋友万尼亚·哈尔图林的妻子。我同薇拉·瓦西里耶夫娜很不熟,但同万尼亚是老朋友了,在列宁格勒时就认识,可以从中学时代算起。万尼亚迁到莫斯科,同薇拉·瓦西里耶夫娜结婚。现在他在军队里,而薇拉·瓦西里耶夫娜在这里,住得离我不远,我有时到她那里打听有没有万尼亚的来信。

茨维塔耶娃猛地对着薇拉·瓦西里耶夫娜站起来。像刚才盯着门那样直勾勾地盯着她的脸。仿佛站在她面前的不是文坛上的女士、儿童作家、评论家,而是自己的命运。

薇拉·瓦西里耶夫娜开始讲话,口气冷漠,略带官腔,同时又带有几分羞愧。不时用团成一团的湿手绢擦额头上渗出的汗。争论一定激烈,再加上天气闷热。

"您的要求得到满足,"她宣布,"但并非一帆风顺,因为特列尼约夫坚决反对,阿谢耶夫因病未出席,但送来一封表示赞同的信("他同科维特科谈过话。"——我心里想)。理事会以简单多数通过,以理事会的名义送交特韦里亚科娃的文件已写好并签名。我们将亲自递交市苏维埃,现在您得找住处。找到后将地址告诉特韦里亚科娃。完了。"

那幢小木屋,不过是叶加布拉普通的房子,很少有人注意。粗笨的圆木,几乎不经过加工,就构成生存的空间。在这里茨维塔耶娃度过最后一段日子,生与死的激烈冲撞,上演得惨烈。山墙上开着三个条形的窗子,自然的光线从这儿投进。她坐在阴影中,不敢触碰阳光,而是孤独地面对,这时诗歌被情感冲了过来,她要把所有的爱与恨,表达在心灵的纸上。窗前有一株孤独的树,树冠高过屋顶直指天空,它和土地紧密相连,不断得到充足的养分,自由而快乐地生长。

2012年2月,有一天阳光爬满窗子,我在读小木屋的照片,心隐隐地疼。我想推开院子的门,走进屋子里向窗外眺望,在这里能发现什么呢?

在世间的唯一任务是忠于自己

往事的回忆紧压我肩膀,
在天国我仍要诉哭人寰,
我俩再次重逢时我不会
把旧话藏瞒。

在天国,天使成群地下翔,
有竖琴、百合花和童声合唱,
一切都平静,我将不安地
捕捉你的目光。
独自在纯洁严峻的少女中,

我含笑目送天国的幻象，
尘俗而外来的我将要把
人间曲唱一唱。

往事的回忆
紧压我肩膀，
时间一到，止不住泪汪汪……
我们无需在何处再相逢，
并非为相见才醒在天堂！

　　1911 年，茨维塔耶娃写了《在天国》，她对生死有了与世俗的不同看法，重新读这首诗，回忆的往事压在心上。阿霞写道："我们从一座坟走向另一座坟，弯着腰，怀着感情，用心猜测着，但它们几乎同样低矮、缄默，而且没有姓名。"阿霞倾听远处飘来的诗歌，闻到姐姐指间香烟升腾、扩散的烟气味。她的眼睛中积满野草和泥土。她无法识别，其中的哪一座是埋葬姐姐的地方。她想大声地呼喊，然后就是等待。也许在天有灵的话，姐姐会答应一句，让她沿着声音的小路，奔向姐姐的坟墓。

　　坟墓的泥土，生出杂乱的野草和草莓，经过春天的初生，夏季的成长，过了金色的秋天，冷酷的冬天将要来临。很少有人来这里寻访，阿霞和她朋友的到来，打破了静谧，一条小路向远方延伸，墓地的空气中，弥漫草莓叶的气息。两位老人放缓脚步，恐怕惊动地下沉睡的人。

　　拖着沉重的脚步，从一座奔向另一座坟墓，她看到姐姐写过的草莓叶。她从坟墓上取下泥土，还有叶拉加码头上的沙子，回去后，她想分送给姐姐的女儿和朋友们，她俩藏了一点草莓叶在身边。

　　卡马河的秋天，挤满灰色的调子，鸥鸟追着行驶的船尾。船剪开河水，铁和水的撞击，溅起水花和白色的泡沫。1941年8月，茨维塔耶娃自杀身亡，距现在十九年了，为了寻找安全和生存，她带着儿子也是乘船走的这条水路，从此以后，她未再回到过去的生活。多少年后，她的妹妹阿霞和老友，相互搀扶不顾体衰，踏上寻找姐姐坟地的长途旅行。走遍叶拉布加的街道，转了无数次坟地，仍然找不到准确位置，这种结果对于老人来说是痛上加痛。

阿霞的怀中，藏着带回来的草莓叶，她想对流去的河水，朗读《一百年以后》：

当我停止呼吸一个世纪以后，
你将到人间。
已经死去的我，将从黄泉深处
用自己的手给你写下诗篇：
朋友！不要把我寻找！时代已经变了！
甚至老人也不能够把我记起。
嘴唇是够不着了！隔着滔滔的忘川
我伸出我的双臂……

诗歌伴着阿霞走了，走向远方，一个七十多岁老人的心留下了，她不想让姐姐再感受孤独了。她寻找的十年后，"鞑靼共和国作家协会在叶拉布加坟场——在1930年我所认定的地点，给玛琳娜建了一座巨大的花岗岩纪念碑，铭文是：'在坟场的这块地方安葬着玛·茨维塔耶娃……'"这是对阿霞的安慰，这不仅是对姐姐的高度评价，也是对俄罗斯诗人的尊敬。时间不断地变化，她对姐姐也有了深刻的理解，渴望听到她的声音，对她的诗歌感受不同于以往。

阿霞在回忆录的结尾写道："我八十八岁了，今年秋天玛琳娜将满九十岁。"她的这段话看似平常，蕴藏太多的思念，阿霞说："人在世间的唯一任务是忠实于自己。"她做到了，她的妹妹忠实于她，也做到了。

2010 年 10 月 13 日于抱书斋

脉搏在撕扯的骨骼上爆裂

一

1972年6月4日，在普尔科沃机场，距离圣彼得堡市区20公里。布罗茨基将从这里离开祖国，到陌生的国家去了。

布罗茨基坐在旅行箱上，茫然地注视前方，身后是大理石墙壁，一束阳光从侧面的窗口流进，在地上投下一条光带，给布罗茨基一丝安慰。他骑在旅行箱上，双腿分开，身子微微前倾，有向前冲的感觉。他听到飞机起落的轰鸣声，眼前进出的人群，上演一出出悲喜交加的人生戏剧。布罗茨基眺望的前方，一定是圣彼得堡，那是他出生和成长的地方，救主变容大教堂的钟声，是他从母亲的身体里走出，听到的第一声心动的声音。童年时的他趴在窗前，能看清变容大教堂的全貌。布罗茨基说："整个童年时期，我都一直在看着它的穹顶和十字架，看敲钟人，看十字架游行，看复活节，看安魂祈祷——透过窗户，看火把，看它白色墙壁上画满的圣徒光环和手杖，看它飞檐上那轻盈的、古典主义的边饰。"教堂的院子里，布罗茨基度过快乐的时光，外公教他学会了骑自行车。教堂的院墙由炮身构筑，它是历史围成的大墙，曾经在战场上发出的炮弹，摧毁无数村庄，吞噬生命的钢铁怪物在教堂面前变得温驯了。这些大炮是1828—1829年，巴尔干打胜仗期间，从土耳其人手中缴获而来的，被人们用铁链组成一道墙。它与肃穆的教堂极不和谐，宗教的气息，无法在铁锈上滋生。孩子们在上面打晃悠，铁链环摩擦发出金属的咔咔声，一阵阵传出很远，给孩子们带来无尽的兴奋，也把一种东西插进生命中。

32岁的布罗茨基，第一次离开祖国，他的眼睛中缺少兴奋，嘴角僵硬的笑，不是从心里飞出的。他的指尖触在旅行箱上，左手的拇指压在右拇指上，形成窝的形状。细小的动作，不是装模作样，表现出复杂的情感，他想抓住童年的铁链，寻一处安全的、自由的、快乐的地方。

布罗茨基不是名正言顺地出国，他被当权者们作为"寄生虫"清理出去。在祖国公民的户籍上，再搜不到他的名字了，流亡比死还要难过。布罗茨基的好友，列夫·洛谢夫在《布罗茨基传》中写道："在20世纪70年代，离开苏联流亡国外，这对于离去者和送行者来说都是一个不无悲剧意义的事件。人们相信，这是永远的离别，送行于是也就具有了葬礼的味道。对于离去者而言，尤其是对于一位从未踏出苏联国境的人而言，这种悲剧性的感受更为强烈，他会觉得他一去不复返地越过了一道分界线，一边是熟悉的祖国，另一边是陌生的异乡。"布罗茨基孤独地守护旅行箱，这里装满全部家具，从此以后，旅行箱就是移动的家了。

普尔科沃机场的关检和警察们，不会放过每一次炫耀权力的机会。他们打开布罗茨基的"家"，不漏过任何一件物品，仔细地搜查，故意地弄坏打字机。他们以为这样就可以结束他写诗的通道，让他像被剪去翅膀的鹰，变成呆头的鸡，无力再飞上天空。

1972年6月4日，阳光弄得窗玻璃明亮，布罗茨基的身影投映在地上。

二

指尖摁到快门上，咔嗒声中镜头留住瞬间，俄罗斯冰寒的冬季，也无法冻住机器的转动，从手套中钻出的手，还是将镜头对准人物，拍下小时候的布罗茨基。

布罗茨基坐在雪橇上，穿着厚厚的棉衣，戴着棉帽子，稚嫩的脸上无一缕笑意。他的身后是一条雪路，布满杂乱的脚印，一排孤单的桦树，落光了叶子，对着寒冷的天空，尖顶的民居就是临时的家。冬日的一天，妈妈带他出来玩，享受短暂的阳光。他们一家人从彼得堡逃离战火，疏散到切列波维茨。1942 年，布罗茨基一岁多坐上飞机，逃出被困的城市，炮声中变得空荡的家，在弹雨的呼啸里，等待归来的人，暖热清冷的空气。残酷的轰炸，震耳欲聋的炮击声，坦克撕开平淡的日子，侵袭幼小的记忆。他在姨妈和妈妈怀抱中的笑容没了，焦虑和危难过早地降临，这就是命运吗？

布罗茨基是家中的宝贝，他是父母迟来的幸福，也是唯一的孩子，"他让母亲吃了不少苦头"。布罗茨基的父母只是一般的职员，没有显赫的家庭背景，16 平方米的空间，还要给父亲留一块冲洗照片的地方。布罗茨基的回忆里，"家里老是为了钱而争吵"。但家中也有温情，父母都喜爱阅读，听古典音乐，母亲从小学会德语。战争给布罗茨基带来的恐怖记忆，对心理产生的影响，不会轻易抹掉。战争终于结束了，在外逃离的人，迫不及待地返回家园，在切列波维茨车站，他们一家人乘车回列宁格勒，他看到的不是回家的快乐，而是一幕残酷的情景："当时所有的人都在往回冲，闷罐车里挤满了人，虽说去列宁格勒要通行证。人们挤在车顶上，车厢的连接处，所有能站人的地方。我还清楚地记得：红色的闷罐车上方是蓝天白云，车厢上挂满身穿褪色的黄棉袄的人，女人们包着头巾。车厢移动了,一个老人瘸着腿还在跟着车厢跑。他在跑动中摘下棉帽,露出了秃顶;他把手伸向车厢,已经抓住什么地方,可这时却见一位妇女抄起一只茶壶,从横栏上探出身去,把开水浇在那老人的秃顶上,我看见了冒起来的热气。"经过大灾难的人,情绪变得非常激烈,用暴力发泄积攒的痛苦,人性的恶曝露得淋漓尽致。列车向前方奔驰,离家越来越近,但是秃顶上冒出的热气,被车轮卷走的惨叫声留在了童年。他八岁前未见过父亲的面,只是通过照片的印象,和母亲口中传说的父亲的形象。

云的大衣在白昼开始拼命地变黑,
试图成为从超人肩头脱下的一件皮袄。
在雨的强大压力下,
一株洋槐逐渐变得过于喧闹。
不是针,不是线,但在滴答声中,
无疑可闻有某种东西在缝纫,
胜家公司的机器和着生锈漏斗的声;
老鹳草暴露着女裁缝的颈椎。
雨的絮语和睦得像一个家庭!
它将破损风景的漏洞缀补得多么美,
无论是牧场或林间,村外或水洼——
都不让它们在视线的空间里消退。
雨!这近视症的推动力,
这贪吃素食的寺院外的编年史家,
像一支写不出手稿的笔,
在沙地上涂满了楔形文字和天花。
转身背对窗口,
看见带肩章的军大衣在褐色衣架上,

看见椅背上的褐狐皮，
看见黄色台布的流苏，
那台布战胜引力复活在餐桌上，
我们在午餐桌前晚餐，坐到深夜，
你用的惺忪的完全是我的、但将被岁月的距离压低的嗓音："瞧这大雨。"

随着时间的推移，布罗茨基的诗充满怀念，也是对父亲的怀念。

布罗茨基过于敏感，这和家族遗传有很大的关系。他不喜欢热闹的场景，过节的时候，家里人多，他逃似的离开家。他改用日本作家芥川的一句话："我没有信念，我只有神经。"这和他生活的城市被战火摧残，看了太多的残酷有关。布罗茨基的童年没有更多的浪漫，有的是炮火摧毁的房屋，生与死的演绎。

推开窗子，趴在那里的布罗茨基，不用走出家门，就能看到救主变容大教堂，每天在他的眼中出现的是弧形的穹顶，矗立的十字架，门上饰的雕塑，悠扬的钟声，一波波地荡来，存在孩子的意识中。

黑色的穹窿也比它四脚明亮，
它无法与黑暗融为一体。
在那个夜晚，我们坐在篝火旁边，
一匹黑色的马儿映入眼底。

我不记得比它更黑的物体。
它的四脚黑如乌煤，
它黑得如同夜晚，如同空虚。
周身黑咕隆咚，从鬃到尾。

但它那没有鞍子的脊背上
却是另外一种黑暗。
它纹丝不动地伫立,仿佛正在沉睡。
它蹄子上的黑暗令人心惊胆战。

它浑身漆黑,感觉不到身影。
如此漆黑,黑到了极点。
如此漆黑,就像子夜的黑暗。
如此漆黑,如同它前方的树木。
如同肋骨间的凹陷的胸脯。
恰似地窖深处的粮仓。
我想:我们的体内是漆黑一团。

可它仍在我们眼前发黑!
钟表上还只是子夜时分。
它的腹股沟中笼罩着无边的黑暗。
它一步也没有朝我们靠近。
它的脊背已经辨认不清,
明亮之斑没剩下一毫一丝。
它的双眼白光一闪,像手指一弹。
那瞳孔更是令人畏惧。

它仿佛是某人的底片。
它为何在我们中间停留?
为何不从篝火边走开?
驻足直到黎明降临的时候?
为何呼吸黑色的空气,

把压坏的树枝弄得瑟瑟作响？
为何从眼中射出黑色的光芒？

21岁太年轻了，布罗茨基写下《黑马》。"为何从眼中射出黑色的光芒？"与绘画大师马蒂斯所说的"庄严而又辉煌"的黑色，在这时不仅是色泽了，而是人生的象征。这首不长的诗，突现语言的天赋，弥漫俄罗斯似的凝重。"黑色的穹窿也比它四脚明亮，它无法与黑暗融为一体"，令人惊异的开头，炸开阅读者的想象力，把一幕丰富的情景推到面前。2007年5月29日，王家新在中央美院作《诗与诗人的相互寻找》讲座时指出："这就是布罗茨基的《黑马》。它的特殊意义，就在于它显示了一种马与骑手、诗与诗人的相互寻找。一般读者容易把诗中的这匹神秘的黑马看作是命运的象征，但对诗人而言，它就是前来寻找他的诗歌本身。布罗茨基给我们的启示就是：马与骑手、诗与诗人的相互寻找，构成的正是一种诗歌的命运。"

布罗茨基在《黑马》一诗中，凸显桀骜的性格，"但它那没有鞍子的脊背上，却是另外一种黑暗"。他不可能屈服于哪一种秩序，虚无地走过一生，渴望成为人，"真正的工人阶级、工人子弟"，对人生并没有过多的要求。布罗茨基讨厌"半知识分子的流氓"，童年的情节埋在心中，他父亲年轻时在舰队服过役，所以他很想进入第二太平洋学校，当一名潜水员。水手的制服、肩章、佩剑，对于他有特殊的情感。但是他通不过表上的第五格，这一栏要填写自己的民族，因为他是犹太人。体检大半天，布罗茨基左眼散光，大海梦就这样吹了。布罗茨基又回到了学校，这一年，他过得艰难。多少年后，接受沃尔科夫的访谈时，布罗茨基说："是，那是一个突出的教师——他似乎教斯大林宪法。他从军队来到学校，是昔日的丘八。面孔——漫画式的圆脸。喏，正如西方漫画中的苏联人：呢帽，夹克，方方正正的两排扣。他极端仇视我。问题在于他是学校的党组书记。他无情地破坏了我的前程。事情因此告终——我到邮政信箱六七一号兵工厂当铣工,其实我15岁。"

  15岁的布罗茨基,还不到成人宣誓的年龄,他挣脱学校的束缚,不想再看讨厌的脸。漫画脸的教师,毁坏了一个人的前程,他无奈地选择逃跑,这件事情不是他过于敏感,而是政治训练出来的流氓政客的嗅觉太灵敏了,不会放过犹太人。布罗茨基的翅膀还未长结实,就被制度的大刀剁掉,丢进垃圾堆中。布罗茨基16岁进入太平间工作,开始做医生的梦想,他每天与尸体打交道,手指一抠脂肪破裂,腐烂的气味,对他是严峻的考验。不大的空间,装满毫无生气的死亡,没有功利的争夺,善与恶的厮杀,什么对他们都无用处了。隔壁的高墙大院是十字监狱,囚禁违犯法律的犯人,他们是社会的渣滓,不受欢迎的人。正常的人在这一静一动的对比中,呼吸的空气凝固压抑的分子。时刻经受可怖的挤压,一条条地撕裂神经,用不了多久就变得疯狂。布罗茨基又逃了,烧了几天的锅炉,对着钢铁的大炉子,每天投进一锹锹黑煤,然后他以观众的角色,注视煤与火的搏斗,然后铲出一车车的炭灰。烟与热的冲撞里,他又选择地质勘探队,在人烟稀少的天地之间,不需要和人打交道。精神变得松弛了,布罗茨基第一回来到了北方,半原始、半冻原的地方。生活艰苦一点,一天天倒也自由自在。这段生活对于他的影响很深刻,对于写作是丰富的储蓄。布罗茨基的相册里,有一幅他在雅库特荒凉的山野中,冬天残存的积雪还未消融,他坐在岩石上休息时,同事的镜头对准他。被风撩得杂乱的头发,一绺搭在额前,眼睛布满忧郁,而少了青春期的狂放。爬满腮的胡子,掩盖内心的冲突,他写出几首关于"地质"的诗作。

三

1963年的深秋，我走进阴冷的季节，听列夫·洛谢夫讲述"布罗茨基一生中极其艰难的一段时期"，这一年是他焦虑、精神萎靡的时候，世界好像故意为他设计陷阱，他无法脱逃掉。布罗茨基遇到了麻烦，被小人列尔涅尔疯狂地盯上，他们同是犹太人，列尔涅尔在当时的党内不得志，无法获得官职，他开始热衷于告密，凭着嗅觉追踪布罗茨基，在他的诗里闻出不一样的东西。布罗茨基那时没有固定的工作，这是一条重要的罪状，根据"法令"布罗茨基属于不劳而获的"寄生虫"。1963年11月29日，《列宁格勒晚报》登出题为《文学寄生虫》的重点文章。这是列尔涅尔及报社的梅德宁合谋的"佳作"，他们借着体制的强权，策划一桩阴谋的、害人的冤案，向布罗茨基舞开了大刀。文章说他的诗"颓废""无耻""荒诞""无法摆脱对帕耳纳索斯山的向往，他打算通过任何途径，甚至是卑鄙龌龊的途径登上山去"。列尔涅尔费尽脑汁，选择恶劣的语言攻击布罗茨基，想一下子把他打进地狱，永世不得翻身。他作为社会的渣滓，树起的反面典型，以"不劳而获罪"被起诉。他不是"寄生虫"，只是工作不断变化，不属于苏联法律规定的范围之内。1962年9月，布罗茨基完成在哈萨克斯坦的勘探工作，他没什么固定的收入。1962年11月，《篝火》杂志刊发他的长诗《小拖轮》，这期间，他翻译的外国诗刊的诗，被收入诗歌集中。列尔涅尔特意去莫斯科找到出版社，用"反苏"的罪名恫吓负责人，不准再用他译的诗。

布罗茨基是诗人，在他的头脑中缺少政治这一根弦，意识形态上的事情，他根本不明白。对于报上胡言乱语的指责，他从不放在眼里，也不知道那玩意多厉害。在区党委的女负责人面前，面对她的荒唐提问，布罗茨基回答道："我无法在这样的大学里学习，因为那里非得讲授辩证唯物主义，而它并不是科学，我生来是为了进行创作的，我干不来体力活。对于我来说，党存不存在都一个样，对于我来说，只存着善与恶。"布罗茨基在政治上幼稚得可笑，竟敢不把党放在眼里。他始终认为善良和邪恶是人类存在的矛盾，人要解决的不是什么党的问题，而是用善战胜恶。他的话语是政党最忌讳的，这样的人不可能被手下留情，必须严肃处理，黑暗的阴影不是滑过来，而是浓云重压地罩在头上。

1964年2月18日，"寄生虫"布罗茨基遭到审判。我无法查阅到更多的资料，那张公审大会的旧照片，比文字直观。女负责人站在人群的中间，肥胖的身体堆满脂肪。我无法听到她大嗓门吐出的话语，她的眼睛里积攒愤怒，随时要爆发出来。会场的陪审员们和听众神态各异，从他们的表情中感受不到温情。布罗茨基低下高傲的头，他的耳朵里，塞满女负责人嚎叫的变声。诗人的诗不是锋利的匕首，无法切断音带的震动，政治张开的铁爪，抓起血肉之躯狠狠地抛了出去。布罗茨基的诗，不是算命的扑克牌，无法预测未来。他的眼睛半闭，透过一条缝隙，在水泥地上找能突然打开的门，他想风一般地逃跑。布罗茨基的衣服未系扣子，显得有些凌乱，领口敞开得很大，这样能多吸几口空气，不至于窒息而死。

审判会后不久，布罗茨基被送往列宁格勒第二心理医院做医学鉴定，短短的三周，有三天待在重症病室里。3月13日，他接受第二次受审大会，宣布判处五年强制劳动，改造地点为苏联的北方。

1964年6月，阿赫玛托娃来到了科马罗沃，在这里她将度过自己70岁的生日。在俄罗斯这个季节，是一年中最美好的时候了，朋友们从莫科赶来，大家欢聚一起为她祝寿。散步是她喜爱的活动，在林间和尼娜·奥尔舍夫斯卡娅采蘑菇，嗅着清爽的空气，每天走出很远的地方。她喜欢在白天拢一堆篝火，注视阳光和火焰碰撞的情景，这时她的心情并不快乐，想到流放中的布罗茨基。一个诗人不能写诗，而且被弄到偏远的地方，荒凉斩断与外界所有的联系。

四

流放中的布罗茨基，离开莫斯科，对"寄生虫"是很好的放松，不仅肉体上，精神挣脱体制的铁锁链，在天地之间恢复人的快乐。这里不是"古拉格群岛"，戴着"寄生虫"的帽子，到诺连斯卡亚村劳动改造，大自然的真实，村民用朴实的情感接受他。

乡下到处都能找到木材，布罗茨基居住在原木小屋，反而要睡在铁床上。这是政府配给他的流放物资，还是村里特意分配的无法考证了。就是这张铁床，经常让布罗茨基想起监狱的生活，精神病院的"特殊治疗"。安全人员轮番上阵，深夜不许他睡觉，给他脱光衣服洗冷水澡，然后紧裹上床单，逼他在暖气边上烤，床单变干变紧勒进肉体中，惨无人道的惩罚，别人是无法想象的。布罗茨基头枕在床头的铁架子上，身体半躺着，双腿支起，身后的窗子投进一缕光亮。借着自然的光线，他抛弃所有的烦恼，安心地读书，脸上爬满胡子的嘴角，看不到受审焦虑的神情。这儿大声说话没人管，可以写诗，可以读书，在村子里和大地上游逛，绝不可能有毒辣的眼睛盯梢，支棱的耳朵偷听，准备捏造罪名将人打进地狱。布罗茨基回忆流放时的情景，他感慨地说："我一生最好的时期之一。没有比它更糟的时候，但比它更好的时期似乎也没有。"布罗茨基用了"最好""更糟"两个绝对的词语，形象地诠释被抛弃的时光，这不是常人能理解的。他有一首未收入任何诗集的诗，表现当时的情景：

拖拉机的 A. 布罗夫，和我，
集体农庄工人布罗茨基，
我们在播种越冬作物，六公顷。
我看着长满树木的原野
和被飞机拉出白线的天空，
我的一只靴子踏站闸杆。

种子在耙下立起身子，
发动机震聋了四周。
飞行员在云间留下他的墨迹。
脸冲土地，背对前方，
我用自己装点播种机，
被撒了一层尘土，像莫扎特。

布罗茨基用渴望，推动诗的火焰飞翔。流放只是肉体的痛苦，压不住精神的反抗，对生命的颂歌。

巴别舍夫受维格多罗娃、楚科夫斯卡娅之托，来到诺连斯卡亚村，给流放中的布罗茨基送来了打字机、书籍和食品。他走进布罗茨基居住的地方，记录下生活的景象：臭虫、旧报纸、一盏煤油灯、木板桌、书架……"桌上放着一盏煤油灯、一台打字机，还有一个巴洛克风格的墨水瓶，约瑟夫骄傲地告诉我，这是阿赫玛托娃送给他的礼物。"阿赫玛托娃"塑造了我"，他用这么重的赞美，表达对她的热爱。1961年8月7日，21岁的布罗茨基在莱茵的介绍下，结识阿赫玛托娃，在她百年祭时，布罗茨基虔诚地写道：

书页和烈焰，麦粒和磨盘，
锐利的斧和斩断的发——上帝

留存一切；更留存他视为其声的
宽恕的言词和爱的话语。

那词语中，脉搏在撕扯骨骼在爆裂，
还有铁锹的敲击；低沉而均匀，
生命仅一次，所以死者的话语更清晰，
胜过普盖的厚絮下这片含混的声音。

伟大的灵魂啊，你找到了那词语，
一个跨越海洋的鞠躬，向你，
也向那熟睡在故土的易腐的部分，
是你让聋哑的宇宙有了听说的能力。

　　布罗茨基的朋友楚科夫斯卡娅，在日记中说："要知道布罗茨基是她的发现，她的骄傲。"那也是布罗茨基一生中绝望和艰难的时期，爱情如云烟一样地结束，他对人生失望，想割断静脉，疯人院的日子，阴森如坟的监狱的生活压在年轻的身上。1964年元旦，布罗茨基是在精神病院里度过的，这个计划是阿赫玛托娃和朋友们确定的，想通过一份心理疾病的诊断结果，使他摆脱恶劣的命运。他在白色的病房里，被一群心理有病的人包围，用清醒抵抗压抑的环境：

在此处的第六病房，
可怕地留宿在
面孔被藏起的白色王国，
夜因为钥匙泛着光，
另一半白光是主治医师……

几个月精神上的折磨，布罗茨基丧失理智，白色一阵阵地扑来，啃噬脆弱的神经。

读完这些照片，我感到空气不够用，眼睛躲进太多的苦难。窗外阳光灿烂，但还是寒冷的冬天，我不顾一切地拉开窗子。

五

布罗茨基走在纽约街头，他离开祖国已多年，异乡中的生存环境好多了，不但是生活的改变，重要的是人文环境的宽松，可以自由地演讲，不必要把观点积压在心中不说。

冬日的一天，布罗茨基穿着大衣，打扮得很利索，一个人穿过街区，他是刚上完课，走在回家的路上，还是往学校方面去？他的心情很好，神情自然而舒展。他的左脚踩在地上，右脚脱离地面，迈动的步子大而有力，毫不犹豫的感觉。脖子上的围巾飘起来，飞翔是他的梦想，从童年到现在他从未放弃过。每个不同时期，布罗茨基的梦想都经受太多的折磨，美国存在心理学家罗洛·梅指出："这种情感激昂对于点燃诗人的激情、唤起他的能力、在狂喜中把像火焰般的顿悟聚集起来是必需的，这样他就能够在诗歌中超越他自己。这种感情激昂是针对不公正的，在人们的社会中当然存在着很多不公正，归根结底，它是针对所有不公正的原型（即针对死亡）的感情激昂。"罗洛·梅从心理学的角度梳理诗人的"情感激昂"，把责任和肩负的重担说得一清二楚。

列夫·洛谢夫在《布罗茨基传》中，用了一句"来到西方"，作为离开祖国的转折语。他是被挤压出自己的祖国，来到陌生的西方，他极其狼狈，就像被警察弄坏的打字机一样，什么都不灵敏了。这里听不到古老的俄罗斯的语言，他的诗是用母语写作完成的，很少有人能读懂。在祖国遭遇的不公正待遇使他绝望，一个写诗的人在政治权力的强暴下，在父母面前受到公判，那纸判决书是终生的耻辱，不是时间所能抹杀掉的。而今来到西方，耳朵里塞满外语，也看不到救主变容大教堂，听不到母亲的声音了，布罗茨基的心理不是乱，而是杂乱无绪。在国内最艰难的时候，他的恩师阿赫玛托娃和朋友们全力帮助，想尽办法营救他逃离苦难。来到国外的布罗茨基，遇到诗人温斯坦·休·奥登，这次相见，对他的未来有重要意义。

1972年7月9日，布罗茨基离开伦敦，飞抵底特律，开始美国的生活。漂泊不是陌生的东西，布罗茨基一岁多的时候，为了逃避战乱，随着母亲到了生疏的地方，辗转的分子渗进幼小的身体里。在美国最大的对手是"文化冲突"，这比肉体的折磨还要艰难。

远离和思念形成力量，只有离家的人才能感受到这样的情绪，"对于他而言响起了新的音乐，这一音乐在他经过更新的诗歌范式中得到了表现"。他在《荣光》一诗中写道：

　　于是我笑了，我喜爱的抑抑扬格
　　会突然飞离我的笔端，变成跃入夜空的火箭，
　　像金色的笔记本那么迅速。

布罗茨基的"像金色的笔记本那么迅速"，笔记本是金色的，这不是在做文字上的游戏，这和罗洛·梅"唤起他的能力"及"文化冲突"有很大的关系。米沃什说"光彩夺目，不到十年就确立他在世界诗坛的地位"。这个评价对布罗茨基来说极高，但不是胡乱吹捧。

纽约的侨民界中，布罗茨基有很多好朋友，他喜爱面对同胞，用母语朗诵诗歌，在漂泊的日子里这是享受。布罗茨基既是敬，又躲得远远的，不想随意混入其中，并不是他过于高傲，而是侨民中人与人关系混乱。这里有支持、崇拜的，也有攻击他的人，布罗茨

基说：" 我在所有方面都受指责，除了天气……"他远离祖国，在英语的包围中他很寂寞，本以为在侨民中能得到温暖，但只是想象而已。他在《纽约时报杂志》上发表的散文，引起一阵猛烈地攻击。把政治的帽子，一顶顶地扣在他的头上，想一棒子将他打死。遭受同胞的围攻，老朋友的叛离，布罗茨基又陷入恶毒的卑鄙、谩骂的沼泽之中。布罗茨基指出："生活，这不是坏与好之间的斗争，而是坏与恐惧之间的斗争。人类的选择，如今不是在善与恶之间，而是在恶与恐惧之间做出。人在当下的任务就是在恶的王国中做一个善良的人，而不要沦为恶的承载者。"

六

布罗茨基回忆中说："我和妈妈坐上一只满载的小船，一个身披雨衣的老人在划桨。水与船舷齐平，人非常多。""小船""水与船舷"是不是象征，暗示人的命运？自 1972 年，离开祖国的时候，布罗茨基还未迈出一步，想念就强烈地升起，不知道何时重新回到家的土地上。布罗茨基不是自愿出国的，而是被残酷的大手推出。

1972 年 5 月 31 日，布罗茨基将要被处理出国家，流浪到国外了，他还是用最后一点时间来到友人家作告别。

利季娅·丘科夫斯卡娅打开门时，看到的不是一脸欢笑的布罗茨基，而是一个更瘦了，头发掉得稀少，眼角挤出纹络的年轻男人。她把烟灰缸推到他的面前，有限的时间在流逝，利季娅·丘科夫斯卡娅用日记的形式记下瞬间的情景：

"我送给你一个小小礼物。"

他在书上（或者是清样？）题了词："不断漂泊的作者赠。"

背面——他的脸：备受委屈的古代犹太小伙子。

"这是第二次流放。"我说。

"是的。"

"列宁格勒的外国人签证处在那儿？"

他变得活跃起来。

"在热利亚波夫街。你可以穿过几个院子，再到米哈伊洛夫花园……"

他列数这些地方的时候好像是在国外谈故乡。好像是在回忆亲切的往事。

"你想，你会回来的。"我说。

"当然，过个一年半载。"

（我没有提他的父母。不能提。）

"我在这里没干什么坏事，"他说，"我只是写诗。"

"什么坏事也没干，"我说，"做的都是好事。"

布罗茨基说"我在这里没干什么坏事"，他用平实的话语，只想证明自己的清白。他不过是用诗的形式歌颂爱情和大自然，他熟悉流放，但真的要离开母语，比杀了他还痛苦。笼罩在绝望的情绪下，利季娅·丘科夫斯卡娅这样有良知的俄罗斯女性，她拿什么去安慰受伤的诗人之心呢？读完这段文字，我感觉身心疲惫，那行泪不是淌在脸上，而是流在灵魂的血脉中，蒋蓝在一文中指出：

我收集并系统阅读过利季娅·丘科夫斯卡娅所有翻译为汉语的文本，包括三卷本的百万字巨著《阿赫玛托娃札记》。她不但是铁幕时代的文学英雄，也是打穿铁的强光。"死亡在门口嗥叫，整个社会被吓得快昏厥"，她用毕生的文字完美阐释了何为"文学正义"：不被权力的铁锈气味所吓倒，绝不向"遇上官则奴、候过客则妓"的官僚低头。她没有一流的才华，但她的心血和骨头使她巍然如白桦崛立于卑鄙与权力达成高度默契的时代。如她所言："写出谎言对社会毒害的程度，如同军队所使用的毒瓦斯一样。"

读她的《捍卫记忆》，我们应该铭记她的话："后四分之一，再后十分之一。如果及时封住报刊的嘴（多亏我们报刊只有一张嘴），最后等到受难者和见证人通通死光，新的一代就什么都不知道了，不能理解发生过的事，不能从祖辈和父辈的经历中吸取任何教训了。

尽管在汉语的舌尖也荡漾着"痛感耻辱"的写作人，但他们也许更多是着眼于图书卖点而为之。实话实说吧，每一次读利季娅·丘科夫斯卡娅的文字，就进一步加剧了我对汉语写作状况的绝望。

蒋蓝选取"舌尖"这个锐利的词，将耻辱抖落阳光下，当我们悲哀地看着那些无苦难感的写作者，为了功利四处奔波，我们闻到文字毒气的袭来。利季娅·丘科夫斯卡娅的文字，毫无花哨的修饰，她用真实捍卫历史的记忆。

1987年12月10日，布罗茨基被授予诺贝尔文学奖，站在领奖台上，面对评委和记者们，他不无感慨地说："这一感觉的加重，与其是因为想到了先我之前在这里站立过的那些人，不如说是由于忆起了那些为这一荣誉所忽略的人，他们不能在这个讲坛上畅所欲言，他们共同的沉默似乎一直在寻求着，并且终于没有替自己找到通向你们的出口。"这一刻奥西普·曼德里施塔姆、玛丽娜·茨维塔耶娃、安娜·阿赫玛托娃等诗人，一齐涌现在眼前。布罗茨基感觉到是和他们一起登上讲台演说，缺少他们的帮助，今天他不可能有这个机会了。布罗茨基对着话筒，电线记录下他的声音，并把声音传播出去。

  1996年1月27日，布罗茨基将星期一讲课用的手稿和图片，放到"他那个饱经风霜的手提包"中，向妻子道一声晚安，他还想独自工作一会儿。清晨家里的人推开书房的门，发现布罗茨基躺在地板上，眼镜边上是一本打开的书。他的心脏突然停止跳动，未经受太多的痛苦折磨，夜深人静的时候，一颗伟大的星，停止诗歌的飞行速度。阅读布罗茨基的诗，向他的诗飞去，我们听到了情感和诗相碰时发出的声音。

2010年1月29日于抱书斋

埋进心灵苦涩的泉水里

一

1925年12月28日凌晨，年仅30岁的叶赛宁，带着复杂的心情，太阳来不及升起时，在列宁格勒的"安格列杰尔"旅馆里，用一根绳子结束生命。

12月31日，2009年最后的一天，夜里10点多钟，窗外响起鞭炮声，人们急不可待地迎接新年的到来。我拨开时间的浓雾，看着雾气散去，一个人默默走来，他就是叶赛宁，这个短命的诗歌天才。叶赛宁的传记摆在案上，他的肖像塞满书影的空间，红色的背景是激情的象征。我们无言对视，当年他的举动是荒唐，还是绝望，我想找出准确的答案。叶赛宁死后，人们争议纷纷，有的人认为是"他杀"，有的人说是"自杀"，考证者写文章，好事者相传。叶赛宁的尸骨被时间砭得寒透，但他的诗歌仍然活着，我们热爱它。记得多年前，在工友间传阅的一本杂志上，第一次读叶赛宁的诗。"知青"印刷厂，三班倒的工作把时间混乱了，我在机器的轰鸣声中，伏在摇晃的桌子上，抄下叶赛宁的诗：

> 我离别了可爱的家园，
> 把淡蓝色的罗斯抛下。
> 池边三星般的白桦林，
> 把老母亲的忧伤熔化。
> ……

冬天难得有安宁的时候，暴风雪在傍晚停歇。那天我上夜班，抄到"暴风雪将久久地喧鸣"，控制不住自己，撞开车间大门的保温被，一头闯进冬夜里。我立刻披上冰冷，捧了一下雪，感受寒气舔噬的滋味。诗歌点燃流浪的心，很想带着忧伤，装满叶赛宁的诗去天边到海角。我站在雪地上，工厂门前的布尔哈通河被冰雪封杀，听不到往日的流淌声。这是我和叶赛宁相识的景象，后来读了他很多的诗，找过那本塑料皮的笔记本，想再看年轻时抄的诗，却不知什么时候丢失了，记忆中一点印象都没有。前几天，重读顾蕴璞选编的《俄罗斯白银时代诗选》，又读到《我离别了可爱的家园》一诗，触碰到雪的忧伤，回到旧时的情事里。读叶赛宁的年表，用短短的时间，走过他的一生。

1925年12月28日，新的一年即将到来，叶赛宁的脚未迈进新年。"新"给了他太多的向往、快乐、亢奋和失望，直到今天，无人诠释清他的心灵世界，荣格认为："不是人支配着情节，而是情节支配着人。"从离开故乡的一瞬间，叶赛宁在"新"的旋涡中，一个个地踏破。

我拉开窗帘，注视鞭炮在夜空中炸碎，城市的水泥楼切断远望的目光。我回到案前拈动书页，走进康斯坦丁诺沃村。

二

　　一条布满辙印的土路，向村子里伸展，草地上生长几株大树，它们不是白桦树。叶赛宁出生在这里，思绪沿着小路向村中走去，我要采漂亮的野花，束成花环献给叶赛宁。

　　村边一株树长得茁壮，枝叶投下阴凉。当年叶赛宁是否在这里玩耍过，诗中的大树可能就是这株吧？我寻找影迹，似乎听到他在朗读诗歌。

　　1895年10月3日，叶赛宁出生于梁赞省柯兹敏乡康斯坦丁诺沃村，一个不富裕的农民家庭里。原初的记忆中除了父母和家人，再就是门前的奥卡河了。母亲的话语和河水声在一起，形成他童年的背景。推开窗子对面是草原，能看到天空飞过的鸟儿，偶尔出现的小动物。草原的不远处就是奔流的奥卡河，小时的叶赛宁，听着母亲哼唱的歌谣，呼吸大自然的清新空气进入梦乡。叶赛宁的祖父，当年在这条河上出苦力，这位苦船工用攒下的53个银币，买下一块地方，建起木结构的房子。

　　　　莎嘉内呀我的莎嘉内！
　　　　莫非我生在北国心向北，
　　　　我要把故乡的田野向你描绘，
　　　　月下荡漾的黑麦任凭风吹。
　　　　莫非我生在北国心向北。

　　　　莫非我生在北国心向北，
　　　　仿佛那里的月亮也要大百倍，
　　　　不管设拉子多么繁荣无比，

也不会比梁赞的沃野更优美。
莫非我生在北国心向北。

我要把故乡的田野向你描绘，
头上的卷发啊是从黑麦里取材，
如果你愿意，就用手指缠起来，
我丝毫感觉不到疼痛的滋味。
我要把故乡的田野向你描绘。

从我这头卷发你可以想象，
月下荡漾的黑麦任凭风吹。
亲爱的，你尽管向我逗笑吧，
可别叩醒我那记忆的心扉。
月下荡漾的黑麦任凭风吹。

莎嘉内呀我的莎嘉内！
在北国也有个姑娘心相随，
她容貌与你酷似一样美，
也许此刻她正在想念我……
莎嘉内呀我的莎嘉内。

《波斯情歌》组诗，是叶赛宁在1924年到1925年间写下的。可见他不论到什么地方，都"要把故乡的田野向你描绘"。波斯的旅行中，叶赛宁遇到一位倾心的女郎，相识不久，便向她诉说故乡的美好。

叶赛宁的母亲，每天睁开眼睛，歌声响个不停，她是原生的歌唱家，会唱很多歌，古老的民歌民谣，教堂的祈祷辞，这些来自于民间和宗教的曲调，没有经过人为的修饰。尤其母亲晃动摇篮时，唱起忧郁的民谣,潜伏进心灵的底层。叶赛宁的妹妹舒拉回忆母亲时说:"我们从小时候起就从妈妈那里听到美妙的童话,她讲得娓娓动听,非常出色。后来我们长大了一些才知道,妈妈所讲给我们听的故事和唱的歌儿,往往都是普希金、莱蒙托夫、尼基丁以及其他诗人的作品。"母亲是一个人的生命摇篮,人的成长和她的关系密不可分。叶赛宁的母亲喜欢唱歌,面对大自然,抒发内心的情感。

叶赛宁过早地失去了家,由于父母性格不合,三周岁被送到外祖父家寄养。夜晚躺在炉炕上,月光透过窗棂洒落在屋子中。他缠着外祖父讲有趣的事情,而外祖母是个虔诚的教徒,当悠扬的钟声撞响,她便抱着小叶赛宁去教堂。自然、宗教、民谣、河水、故事、情感,组成的精神铺垫童年,他在写自己的童年时说:"我在孩子们中间总是淘气大王,打架能手。我身上经常不断被抓得伤痕累累。只有外祖母训斥我调皮捣蛋,而外祖父有时还鼓励我打架,并且常常对外祖母说:'蠢货,别碰他。这样下去他会练得棒棒的!'"在外祖父的关照下,叶赛宁凭一本破旧的《圣经》,学会认字和读书,他推开了艺术的大门。

1911年的暑假,叶赛宁去莫斯科探望父亲。他在写给潘菲洛夫的一封信中说:"我在莫斯科待了一个星期,后来就离开了。我本来想多待些日子,可是家里的情况不允许,我给自己买了25本书。"叶赛宁不知疲倦地读书,有时书中的情节引得他笑起来。有一天大笑时,母亲走进屋来,眼睛里有不安的忧虑,她害怕读书累坏了孩子,像"费季亚金村有个执事,他就是这么看书。成天看啊看啊,直看到自己都发了疯"。桌子上摆放着咖啡壶,母亲手托腮,盯住儿子的神情被镜头留下,不过是普通的照片,但有不能忽略的细节,他是在母亲的注视下,朗读书中的文字。叶赛宁心中有一股豪情暗示给母亲,将来要成为诗人把她写进诗中,让诗在母亲的怀抱中得到呵护。1924年,在承受现实和残酷的打击下,诗歌和爱情耗尽,受伤的叶赛宁又一次想到母亲，他创作《给母亲的信》：

你无恙吧，我的老妈妈？
我也平安。祝福你安康！
愿你的小屋上空常漾起
妙不可言的黄昏的光亮。

常接来信说你揣着不安，
愁得你为我深深地忧伤。
还说你常穿破旧的短袄，
走到大路上去翘首张望。

每当蓝色的幕帘垂挂，
你眼前浮现同一幻想：
仿佛有人在酒馆厮打，
把芬兰刀捅进我心脏。

没什么，亲人，你可放心。
这只是一场痛苦的幻梦，
我还不是那样的醉鬼，
不见你一面就把命断送。

我依旧是温柔如当年，
心里只怀着一个愿望：
尽快挣脱不安的惦念，
回到我们低矮的小房。

我定会回去，等盼来春光，
咱白色的花园枝叶绽放，
只是你别像八年前那样，
黎明时分就唤醒我起床。

别唤醒那被人提过的事，
别勾起宏愿未遂的回想，
生平我已亲自体尝过
过早的疲惫和过早的创伤。

不用教我祈祷。不必了！
无法再回到往昔的时光。
唯有你是我的救星和慰藉，
才是我妙不可言的光亮。

你就忘掉自己的不安吧，
可不要为我深深地忧伤。
别总穿着件破旧的短袄，
走到大路上去翘首张望。

三

奥卡河从窗前流过，向下游奔去，生性敏感、爱写诗的孩子长大了。

1912年，叶赛宁于教会师范学校毕业，不服从父亲的安排，违反家长的意愿，带着一颗希望的诗心，告别家乡来到了莫斯科。叶赛宁当过店员，并参加工农出身的作家和诗人的活动中心，苏里科夫的文学和音乐小组。从这天起他登上诗坛，他的作品开始在报刊上发表。1914年，《小小天地》刊发了《白桦树》：

> 在我的窗前，
> 有一棵白桦，
> 仿佛涂上银霜，
> 披上一身雪花。
> 毛茸茸的枝头，
> 雪绣的花边潇洒，
> 串串花穗齐绽，
> 洁白的流苏如画。
> 在朦胧的寂静中，
> 玉立着这棵白桦，
> 在灿灿的金辉里，
> 闪着晶亮的雪花。
> 白桦四周徜徉着
> 姗姗来迟的朝霞，
> 它向白雪皑皑的树枝，
> 又抹一层银色的光华。

叶赛宁离开家乡，来到陌生的城市，思乡之情涌来。《白桦树》披挂着清新，推开酒馆一样闹腾的诗坛。二十世纪初，俄罗斯的诗歌界，面临一次大的震动，现代派诗人摇旗呐喊，要把托尔斯泰等人"从现代生活的轮船上"丢出去。就在这时，叶赛宁携带故乡的青草、桦树、泥土、草垛、夜莺、山冈、松林，出现在莫斯科的诗歌界。他是个毛头小伙子，有着农民的憨厚和固执，不管不顾地走进。迎接他的不是诗朋文友的拥抱，听到的不是赞美之词，而是看到各方争霸、割据占地的格局。叶赛宁从乡村走出，诗歌是一株桦树的话，故乡是养育的土地，母亲忧郁的歌谣，外祖父诙谐的故事，酿制的精神之水，浇灌叶赛宁的诗。在对故乡不断的幻想中，他抒写远方的名字，真的离开了家乡，撕扯的思乡之情，一天天折磨着他。第一次世界大战爆发，叶赛宁为民族，为苦难中的人民呼喊：

黑压压的乌鸦哇哇地叫，
这是无数可怕灾难的预兆。
旋风使森林的树木七扭八歪，
湖面上溅起的浪花像寿衣似的飘摇……

乡警挨户在窗前通知，
壮丁都得上沙场去杀敌。
镇上的妇女都号啕痛哭，
哭声打破了周围的沉寂。

叶赛宁的诗沉重了，他的乡村失去清新，变成"充满忧伤的农村"。失望是个坏东西，它揪住叶赛宁不放，将他皮球似的踢来踢去，找不到人生的路。莫斯科不是想象中的那样美好，而是充满险恶，外乡人没有社会的基础，仅凭情感难以生存下去。叶赛宁觉得在莫斯科缺少舒心的环境，在压抑的情况下，很难有机会搞诗歌。离开莫斯科的决心越来越强烈，于是他决定到彼得堡去找勃洛克。叶赛宁自传中写道："去到那投靠无门的地方。没有钱，也没有带任何推荐信，唯一的财富——诗稿在身边。"1915年3月，初春的一天，清寒料峭中，正如他自己说的那样，身上除了诗歌，还是诗歌，新希望燃烧起对美好远方的向往。他徒步离开家乡，鞋上沾满梁赞大地的土末，衣服的口袋里，装满麦子的香气。他不是坐着奔跑的汽车，而是"朝圣"一般地跋涉。如今无多余的钱财，他又迈步奔向彼得堡，去找诗歌的新道路。

四

1915年春，叶赛宁来到彼得堡，拜会大诗人勃洛克，后来他说"我的文学道路就是从他开始的"，勃洛克敞开胸怀，接纳年轻的"农民诗人"，乡村的清风刮进彼得堡沉闷的诗坛，在这个时候，另一个诗人克留耶夫，对他的影响最大。克留耶夫一身农民着装，写的诗也是乡村的生活。他保护叶赛宁，想使梁赞的白桦树诗人，免受彼得堡不好风气的影响。克留耶夫四处奔波，1916年初，叶赛宁的第一本诗集《扫墓日》面世，获得高度的评价。1916年，克留耶夫和他一老一少两位诗人，为纪念珍贵的师生情，不知在哪家照相馆拍了一张照片。在勃洛克、克留耶夫的帮助下，叶赛宁很快被人们认识了。彼得堡的诗歌界不是一块净土，很多人披着诗的外衣，做狼和狗的勾当。各种文学流派纷纷登场，无形中对叶赛宁产生了影响。

1916年叶赛宁应征入伍，随军列开入前线，他每天负责登记伤员的名字，枯燥里透出血淋淋的气味。死亡与活着，一出出在眼前走过，战争残酷无情，对他有了强大的冲击。这一年的6月，叶赛宁因病休养，回到家乡度假，走在童年的草地上，来到奥卡河边。

1917年，十月革命一声炮响，革命点燃诗人的热情，唤出内心潜在的能量。叶赛宁投身于时代的大潮里，他要超越自己肩负的使命，"整个地站在十月一边"。他写出了革命现实题材的诗《天国鼓手》《伊诺尼亚》等。叶赛宁兴奋地迎接十月革命，等待建立"农民的天堂"。短短的五年中，他三次回到家乡，发生的变化不一样。1920年的秋末，凉意在大地上游荡，叶赛宁从莫斯科回到了家乡，迎接他的不是火热的乡村改造后的情景。贫困的乡村生活，连日用生活品火柴、煤油、针线都见不到，残酷的现实，抽走革命天堂的根基，他听到塌落的声音，卷起的尘土湮没叶赛宁。

1920年8月，叶赛宁给叶·伊·里夫希茨的一封信中说："可爱的，我打扰了您，再次请求您的原谅。一种忧郁的思绪紧紧地缠绕着我。我现在很难过，历史正在经受着一个扼杀作为生灵的个性的艰难时期。要知道，现在正在建设的社会主义完全不是以前我所想象的那样，而是一种固定的和人为的社会主义，就像对赫勒岛，没有荣誉，缺乏幻想。在这里那些建造通向隐秘世界的桥梁的生灵感到压抑，因为在后代子孙的脚下这些桥梁正在遇到彻底的砍伐和破坏。"家乡重新回到苦难之中，贫困的衣服穿在亲人的身上。自然被破坏掉了，生态失去昔日的和谐。叶赛宁的"农民天堂"，经不起一击被灭掉了。他不是卷进矛盾的旋涡里，而是滚进去的，他对一切产生怀疑。从齐霍列茨克出发，坐在火车上，前往皮亚蒂戈尔斯克的路上，有一个情景刺激叶赛宁。窗外有一匹小马驹与奔驰的火车赛跑，它用尽全身的力气，想赶上钢铁的怪物，最后筋疲力尽。火车远去了，小马驹的形象刻在记忆中了。

十月革命摧毁旧的社会制度，建立新的生活，叶赛宁所感受的都是新的。在新的鼓动下他变得冲动，现实不是想象中的美好，他的理想遭受挫折，注定后来的悲剧命运。

乌纳穆诺指出："每一个人都在守护着他自身的人格，只是在以下的情况下，他才愿意接受思想模式和感觉模式的改变：所谓的改变应该能够进入他精神的整体性而且应该包含在他生命的连续性之内，或者当这一改变能够与他固有的存在、思考与感觉模式取得协调一致并取得其整体性，同时能够与其记忆编织在一起。"失望之后，叶赛宁开始酗酒，不时地寻衅闹事，打架斗殴，在警察局里他敢于向穿制服的人挑战，这期间他和妻子感情破裂。失去妻子儿女和家庭，叶赛宁沉溺于杯中物，酩酊大醉中反倒无忧无虑。诗歌无力挽救大自然，小马驹被钢马战胜了。叶赛宁无处诉说，诗歌显得单薄脆弱，革命的号角哑了。黑夜是别人休息的时刻，是他狂欢的白天，他和一帮颓废的文友转战小酒馆，莫斯科街道有多少家酒馆，别人说不出来，他能告诉你准确的位置。叶赛宁醉了，失去意识的时候感到快乐，他恢复了自由。叶赛宁晃悠地走出小酒馆，不时地大声叫喊，手在空中乱舞，诗歌的女神被甩到黑暗的角落里。叶赛宁伏在路边的阴沟旁，腹中高压的脏物，吐到城市的浊水中。一声声痛苦的呕吐声，在夜晚传出很远，大地又一次接纳他。

五

童年时的叶赛宁，过早地失去父母的关爱，是在老人和大自然中度过的。母亲忧郁的歌声变成他的渴望，尽管诗界称他为"大自然的歌手""俄罗斯诗人当中最具俄罗斯民族特色的诗人"，但他更多的是一个母性诗人。

1917年春天，22岁的叶赛宁去《人民事业报》谈他的诗稿问题。在编辑部里他遇到了打字秘书吉娜伊达·拉伊赫。她和叶赛宁同龄，他们一见面就被对方吸引住了，三个多月后，便匆忙地结婚。吉娜伊达·拉伊赫出生于一个工人家庭，但她从小就热爱文学艺术，是具有个性又有艺术鉴赏力的女子。他们婚后居住在彼得格勒，这是叶赛宁一生中得到家庭温暖最多的时期。1918年3月他们迁往莫斯科，夫妻靠分配一点可怜的食品，过着饥饿的生活。不久以后，女儿达吉雅娜出生，来到苦难的世界。拉伊赫父母家的条件好一些，她就带着幼小的女儿住在那里。叶赛宁的住处漂泊不定，这个朋友家住几天，那个朋友家混一两天。从1918年8月开始，夫妻俩还经常联系，不稳定的生活出现危机。

1919年春天，拉伊赫带着女儿回到莫斯科。1920年初便分居了，不久拉伊赫生下了他们的儿子康斯坦丁。1921年秋天，梅耶尔荷德领导下的国立高等导演艺术学校，招收拉伊赫成为导演系的一名学员。1922年夏天，拉伊赫嫁给了自己的老师，叶赛宁对此事追悔莫及，痛苦中他意识到失去的意义。

1921年，美国现代舞蹈家邓肯，冲破层层的阻碍，来到新生的社会主义国家，在莫斯科创办舞蹈学校。1921年11月7日，这是个值得纪念的日子，邓肯在莫斯科大剧院的专场音乐会上，为观众席上的列宁，表演现代舞《国际歌》。热烈的掌声中，邓肯的名字红遍新生的大地。火热的舞蹈家，擦亮叶赛宁爱情的灯盏，把他从情感的湮没中拎出，重新点燃起来，发出炽热的光亮。叶赛宁是一堆火，是一个诗人，谁要是不注意地触碰上，他就要喷发，燃起熊熊的大火。邓肯在叶赛宁蓝色的眼睛里，发现撩拨人的情波，它会征服每一个异性。邓肯听不懂俄语，但人类的情感有时不需语言的沟通，形体的表达就够了。两人年龄悬殊却一见钟情，邓肯有合同在身，要到欧洲巡回演出，叶赛宁想去国外看一看。为了一同出国，他们迅速办理结婚手续。比叶赛宁大17岁的美国舞蹈家，在世界上第一个社会主义国家，找到一位"农民诗人"丈夫。在人们的惊叹中，开始闪电似的蜜月旅途。

帕斯捷尔纳克认为："叶赛宁对待自己的生命如同对待一个童话，他像王子伊万骑着灰狼漂洋过海，一把抓住了伊莎多拉·邓肯，如同抓住了火鸟的尾巴。他的诗也是用童话的手法写成的，忽而像玩牌似的摆开文字阵，忽而用心中的血把它记录下来。他诗中最珍贵的东西是家乡的风光，那是俄罗斯中部地带，梁赞省，处处是森林，他像儿时那样，用使人眩晕的清新把它描绘了出来。"1922年，新婚夫妇飞抵柏林，爱情的火焰还没有散尽，他们之间就产生裂痕。叶赛宁在邓肯的身上寻到的不是爱情，更多的是弥补过早失去的母爱。母亲摇摇篮时的晃动，保存在他的情感中，邓肯的舞姿放大了母亲的形象。年龄的差距，不同文化的撞击，迷人的舞神，仿佛飞溅的火星，逐渐失去魅力，火热的邓肯使他感到厌倦。

漂泊的日子，思乡之情与日俱增。叶赛宁又回到了莫斯科熟悉的生活规律里，少了那帮颓废文友的吹捧，一个人孤独地拼命喝酒，借酒消除愁绪。叶赛宁在巴黎出版了一部诗集，国外的一年多里，很少有心思创作，他的思念变大了，不仅是巴掌大的家乡——康斯坦丁诺沃村，而是祖国俄罗斯。1923年8月，回国不久，叶赛宁和邓肯的长旅结束了，他们的婚姻也无可挽救了。

1925年，加利娜·别尼斯拉夫卡娅生日的那一天，家庭宴会上，叶赛宁认识了托尔斯泰的孙女索菲娅·安德烈耶夫娜。阿·托尔斯泰说叶赛宁的诗，"像用双手从心中捧出撒向四处的一颗颗珍珠"。但也说明了，叶赛宁的透明和天真。他在女性身上寻找母爱，这和童年过早地失去家庭的爱，有很大的关系。他追求索菲娅·安德烈耶夫娜，并决定和她结婚。王守仁在《叶赛宁传》中写道："他们于9月18日正式结婚。叶赛宁搬进索菲娅那古色古香、琳琅满目的宽大住宅里，但婚后的生活并不美满，他感到压抑和束缚。他把自己的这种心情写信告诉当时住在梯弗斯的一位朋友：'……新的家庭也未必有什么好的结果。这里所有的地方都被'伟大的老翁'占据着，他的肖像比比皆是，桌子上、抽屉里、墙上，使人觉得房顶上到处都有，简直没有活人的地方。这使我感到窒息……我所期待和希望的一切都幻灭了。看来，我无法平静下来。家庭生活不顺利……'"叶赛宁为了恢复自由，从铁笼中逃脱出来，他还无法修复受伤的心灵，又落入"金丝笼"中。他是康斯坦丁诺沃村大地上的夜莺，不是供人赏玩的鸟儿，在索菲娅·安德烈耶夫娜身上，寻不到母性的爱，更找不到创作的激情。厌烦的情绪，无名的暴躁，病毒一样吞噬着叶赛宁。不久诊断出他得了精神抑郁症，住进一所医院，医生建议他用旅行排出淤积的郁闷。

一个又一个女人，闯入叶赛宁的内心世界，又匆匆地离去。剧烈的社会变革中，他需要有人保护一下。家乡在远方，它只是不断地输送精神的养料，他需要情感疗治，缓慢地抚平伤口。叶赛宁无路了，毫无地方可走了。

1924年，他回到了家乡，游荡在康斯坦丁诺沃村的土地上，回味母亲的歌谣和爱抚。

坐在老屋的窗前，注视眼前的一切，奥卡河飘来的风，挟着水湿气四处弥漫。暮色中桦树涂上伤感，一辆老式马车在村路上行驶，听着鸟归林时的鸣叫，他似乎听到母亲哼唱的童谣。马克·斯洛宁说，叶赛宁是"以牧羊人天真烂漫的眼光"来观察大自然的诗人。只有回到乡村，看到教堂的钟楼，耳边响起亲切的乡音，看到亲人的笑貌，这才是他心中远去的俄罗斯。《故乡行》不是墨水书写的，是生命的绝唱：

> 墙上是带有列宁画像的挂历。
> 这儿是妹妹的生活天地，
> 是妹妹们的，而不是我的，
> 但不管怎样，见到你，
> 故乡啊，我还是想跪倒在地。

寻找是一只陀螺，在外界的作用下，它疯狂地旋转。最后它想往相反的方向转动，不得不跌倒在原点。高尔基认为："谢尔盖·叶赛宁与其说是个人，倒不如说是自然界特意为了诗歌，为了表达无穷的'田野的悲哀'，对一切生物的爱和恻隐之心（人——比天下万物——更配领受）而创造出来的一个器官。"

六

现实社会无法实现人生的理想，失落带来的焦虑，冲垮诗神的圣坛。叶赛宁无力为诗重新找到栖落的地方，每天承受莫名的压力，他变得"虚无的焦虑"，而且越陷越深。

叶赛宁注定是个"母性"的诗人，他复制无数故乡，在女人身上复制一个个母亲，但都失败了。叶赛宁的美神诗歌，被现实的社会打得遍体鳞伤，涂上脏污的咒骂和下流的图像。叶赛宁启动心理防御极力抵抗，他太轻视世俗的力量。

1925年12月21日，叶赛宁离开莫斯科大学所属的心理神经诊所。12月24日，他来到列宁格勒，住进"安格列杰尔"旅馆的5号房间。生命的最后几天里，他和朋友见面，朗读自己的诗歌。

1925年12月28日，叶赛宁等不到第一缕初升的阳光，他用绳子结束30岁的生命。他咬开手指，用自己带体温的血，写了一首告别诗：

再见吧，我的朋友，再见吧。
你永远铭记于我的心中，我亲爱的朋友。
即将来临的永远
意味着我们来世的聚首。

再见吧，我的朋友，不必话别也无须握手，
别难过，别悲伤，
在我们的生活中死不算新奇，
可是活着，当然，并非奇迹。

叶赛宁和朋友们告别了，短短的八行诗，没有太多的悲伤，在"即将来临的永远"的时间中，让我们回味和怀念。他说死不算新奇，那么活着是什么呢？

弗兰克尔博士指出："每一个人在他的生活中都拥有需要完成的特定的事业或使命。因此，他的个体不能被替代，他的生活也不能被重复。因此，每个人的任务与他实现这一任务的特定机会一样，是独一无二的。"叶赛宁死后，人们争论不一，作出不同的评价。但是叶赛宁完成特定的使命，他不能被重复，也不可能有第二个叶赛宁。重读顾蕴璞选编的《俄罗斯白银时代诗选》，书中按主要流派划分为九类，叶赛宁被归为"难以划入上述某一种流派的诗人"。他是哪一派都不重要了，关键的是他在俄罗斯文学史上，是无人可替代的大诗人。

2010 年 1 月 2 日于抱书斋

天空可在黑夜里看见

所有设想的道路都错乱了

12岁时,艾吕雅在克利格纳古尔街的一所学校,读完初级的全部课程,获得优异的成绩,奖品是一本厚书。他作为奖学金的获得者,将进入科尔贝尔高等小学校,一家人为他感到自豪和高兴,并且拍了一张照片:奶奶坐在椅子上,后一排是姨妈和姨夫还有他的父母,艾吕雅则站在奶奶的身边,自豪地叉开双腿,手中拿着奖品,少年时代,叛逆的性格显示出来。

1911年8月,艾吕雅来到南安普顿生活两个月,其目的是为了学英语。这时是他人生的骚动期,15岁多了,对女性有了朦胧的情感,身体的神秘,凸凹处吸引他的眼睛,无法摆脱痛苦,叮在心上很难受。第一次离开家,获得单独的机会,不在父母关注下生活。艾吕雅头发梳得光滑,在沙滩上摆着姿势,青春期的虚荣心,使他注意自己的举动,表现男人的魅力,吸引身边两个漂亮的女伴。多雨的季节,空气增添忧郁的情调,他喜欢其中的一个英国女孩,他们有过一段爱情书信的往来,但这只是情感的开始,很快消失了。

1912年，艾吕雅在刻苦的学习中，获得小学毕业证书，他面临新的择决，关系到一生的命运。母亲有自己的打算，她从切实的利益出发，如果儿子成为公证人的书记，到后来接替职位是理所当然的事情了。要么进父亲的企业里，复制父亲的道路，遵守这个模式，不越太大的轨，一生顺利地走过。艾吕雅是否服从父母的意愿，做一名传统的孝子，还是作为叛逆者，拒绝和逃避不是严密的城堡，供他躲藏起来，他在矛盾中找寻最佳的方案。父母向往的安排，不是他喜爱的职业，诗歌的位置越来越重要了，他对未来做什么没有任何打算。

1912年7月22日，艾吕雅和母亲乘火车去沃洲度假。他们来到了格里翁镇，住在普拉西达的小旅馆里。

房间里有两张床，一扇大窗子，躺在床上，能看到外面的景色，艾吕雅处于兴奋中，他给父亲的信中讲述了这里的情景，并催促他快来享受。母子在一个房间里，吃住在一块，每天需要5.5法郎，母亲有时喝上半瓶葡萄酒，平常喝一些碱性水。下午四点多时，艾吕雅喝上一杯牛奶，然后他们下山去蒙特勒游玩。回来的时候，身体过度的疲劳，使他们不愿移动一步，只能坐缆车上山回旅馆。艾吕雅常常背着相机，独自走进松林，进入白晋高原拍照。

快乐冲淡很多事情，在大自然中人忘记烦恼，生活使艾吕雅逃脱心事。人自由了，情绪也好了，他们到后的第5天，他带着相机又跑到山里。天一点点地暗了，亢奋还未消失，第二天他感到身体不舒服，腰背有些疼痛。艾吕雅洗脸时，嘴里还不停地哼唱，甩动手中的毛巾。他刷牙时突然出血，以为是不小心刷破牙龈，可是血越出越多。意想不到的事发生了，母子慌乱不知该如何面对，从这时开始，艾吕雅的人生出现一个急转弯，所有设想的道路都错乱了。M.施洛塞指出："落到诗人肩头的使命，既是一项出自上帝恩赐又是一件悲剧性的任务，既是一项对人来说而且可能的，同时又是上帝所要求的使命；它需要的人，既是仆人，又是阐释者，既是上下求索者，又是无所不知者，既是守护者，又是救助者，既是被选中者，又是被驱逐者。"

2012年2月6日，新正十五，窗外的鞭炮声，一阵阵地撕裂天空。我独自在家中读到这儿时，合上书不愿再读下去了。人与命运不可分割，是人安排命运，还是命运安排人呢？照片中那个拿着奖品，昂头的小艾吕雅，在命运的面前肯低下头么？

这增加征服的欲望

1913年，疗养院的平台上，艾吕雅和俄国大学生加拉拍了一张照片。与自己爱的女人在一起，肯定是幸福的时刻，他不是深情地注视加拉，闭上眼睛，似乎享受格里松的太阳。17岁的脸上，一副平淡的表情，看不出内心的波动。只是他外衣右侧有些乱，不像左侧的规整，头发梳得光滑，中分的缝显出自信。加拉坐在艾吕雅的一边，座位比他高出一截，她的脸扭向另一个方向，目光越过艾吕雅的头发。他们的思想不一致，一个横向，一个合上眼皮。在毫无掩饰的境况下，人的神情真实，不是摄影师故意摆出来的，为了获得画面效果，强调他们交错制造的悬念。艾吕雅的诗情刚刚萌发，不会做出深沉的样子。病魔撩搔青春的身体，照片记录的瞬间，预示他们爱情道路的坎坷。

照片上人的神情怪异，他们的表情无热恋中火热的冲动。我泡了一杯茶，让沸水冲开叶子，漾出茶的清香。敞开阳台的门，清冷的空气涌来，坐在白蜡杆的椅子里，面对窗外冬日的天空。照片上的艾吕雅和加拉在眼前浮来飘去，试图解开矛盾的个体生命，如果当年仔细地探究，也许他的命运是另一种结果。审视他们的表情，我想顺着这条脉络，去分析、了解人的生命史。

咯血是重大事件，他的母亲惊慌失措，不知该如何面对，她急忙给丈夫拍电报让他速来。10月8日，艾吕雅的父亲赶到普拉西达旅馆，并和一起来的几个医生会诊。医生看了艾吕雅的病情后，劝他多休息少活动，格里翁的恬静，对于病的恢复是理想之地。父亲格兰德尔先生放心了，赶回去做他的生意了。生活在继续，假期还是要继续，不能四处乱跑，艾吕雅整天待在长椅上，大量地读书。这期间的阅读，不是为了消遣时光，而是扫荡似的抢书读。他的表现不是心血来潮，他是用文字去抵抗病菌的侵入，把疾病带来的痛苦忘掉。人在山野中，四周的山冈阻挡城市的喧闹，清新的空气滤掉不静的心绪。16岁不仅是青春的骚动，也是人生晃动激烈的阶段，这是个危险时期。让—夏尔·加托在梳理资料时，作为传记作家，不会放弃这个细节，他同情地说：

> 他很快就把蒙特勒各书店的资源耗尽了，于是他像一个宠坏了的孩子，把跑巴黎书店的差使，放肆地压在了他父亲的身上。父亲非得去昂坦路的奥朗多尔那里不可，因为欧仁让他寄的是莫泊桑的《道克古瓦的怪人们》《诺曼底故事》，蒙泰居的《蜡烛》，然后是《我无所不知》《教育杂志》《我们的文学消遣时光》，再然后是《珐琅和浮雕玉石》，不过只要带插图的彩色丛书中的……父亲不仅一丝不苟地完成了这些差使，而且还有所增加：他为儿子剪下了拉乌尔·蓬琼的诗。这是一位遵循高卢传统的快乐的波西米亚人，左倾讽刺作家，他在报纸上用"韵文故事"评论政治新闻。而新闻最近使他变得引人注目了。而此前，在7月2日那天，在诗人王子的选举中，保罗·福尔得了338票，他仅得了65票。

阅读打开了眼界，它引诱艾吕雅写点什么。他对自然的感受和读书经验的积累，使创作的冲动，一下子席卷出来。艾吕雅对希永城堡充满特殊的情感，陈旧的高墙，挂满风雨淋漓的痕迹，阴暗处的苔藓，磨损的石台阶，让他有了说不清的忧郁，这种折磨和朦胧的爱情还不一样，竟然出现绝望之情。读拜伦诗中的想象，给了他创作的灵感，他在诗中写道：

> 我脚下是古老的希永城堡
> 它遥想自己英勇的从前
>
> 它面前卧着蓝色的莱蒙湖
> 微微的颤动在侵蚀着岸边
> 那光滑而发亮的巨岩

艾吕雅对诗还是满意的，认为可以进入他的第一本诗集中。小试创作以后，诗歌在心中一天天大起来。一个健康人和病人的身体条件不同，自然情绪不会一样，对事物的反应也有差异，他的情感比同龄人，多了触景生情的忧伤。

10月，艾吕雅的母亲回到巴黎，他们的家搬到18区，墙外就是哥特式的圣女贞德小教堂。独自待在小旅馆里，母亲来去匆匆，尽管她厌倦山中寂寞的日子，新鲜感早就消失了，城市舒适的环境招人喜爱，但她没有心思在巴黎多停留，儿子是她的全部生活。

母亲回到儿子的身边，但格里翁的天气，使她不断地抱怨，山中的气候多变，清寒把冬天一步步地推进。艾吕雅的病还未恢复，他必须去海拔更高的地方休养。母亲综合各方的意见，决定去斯冈夫，那里适应儿子的身体健康。

艾吕雅极其不习惯，周围人讲的话带着地方口音，高山区的寒冷，扼杀人的兴趣和活动。大雪一直不停地下，几天见不到太阳出来，风雪主宰外面的世界。透过化霜的玻璃注视，除了风声，还有降落的雪花，天空疾飞的鸟都很少见到。人的情绪低落，诗性等待宣泄的机会。在风雪的祝福下，艾吕雅和母亲一起，迎来17岁的生日。可怜天下父母心，远在巴黎的父亲，不是一心扑在商业上，法郎对他固然重要，但儿子的病是无法放下的。父亲在巴黎联系到圣·莫里茨的一位医生，想找更好的医生诊治儿子的病，他说："我生活中只有一个目的：我的小儿子，我的妻子，还有我，其余的都不算什么！"艾吕雅的父亲积累一定的财富，即使发生什么事情，它都能维持家的生活。于是他们决定送儿子到克拉瓦代尔，这个享有国际声誉的疗养院，是个风景优美的地方，高山牧场上，长着大片的松树和柏树林，一条叫塞尔蒂的涧水，在谷底湍急地流淌，水声和清爽的空气，烘托疗养院的氛围。艾吕雅的肺病只是初染，并不是很厉害，他的家庭有能力支付一切费用，父母希望他快一点好起来。

　　大雪封盖山野，在寒冷统治的地方，一个人举目无亲，写给亲人的明信片，发了一些牢骚。雪不分昼夜地下，地上积了近1米厚，人待在屋子里不能出门，艾吕雅的治疗期间，必须敞开窗子，呼吸清冷的空气配合药物。

　　日子单调得寂寞，一天天无太大的区别。艾吕雅遵守医生定下的日程表，清晨散步1小时，午饭后再走上1小时，耐心地吃规定的食物和数量，不时地称一下体重。病痛使他的青春加快成熟，这不仅是指生理，重要的是心理。盖着一条花格的毛毯，面对满眼的山野之色，他又拿起笔写诗了。

　　这样恬静的生活，被一场情感风暴，铺天盖地地掩埋了。一个俄国的女大学生在疗养院出现，她将和艾吕雅发生悲欢的故事。加拉和艾吕雅的性格不同，不光是文化环境，生长的空间也不一样。

她的神经质吸引住诗人,在她的身上找寻神秘的东西。她的狂热注入艾吕雅敏感的心灵,搅进青春的情潮里。加拉的俄国名字叫艾莱娜·迪亚科诺娃:

艾莱娜·迪亚科诺娃于1913年2月12日只身从利维拉来,此前她一直在那儿进行治疗。

1894年8月26日,艾莱娜·迪亚科诺娃出生在伏尔加河流域鞑靼地区的喀山市,其父为伊凡·迪亚科诺夫,是职员;其母为安东尼娜·彼得洛甫娜·德苏丽娜。她有个妹妹叫利迪亚,比她小8岁。她还有两个兄长,大哥瓦拉将死于结核病,二哥尼古拉——"科利亚"——将成为列宁格勒的演员。他们的父母不和,后来以父亲酗酒而离异。小姑娘为这一决裂痛苦不已。持有助产护士和保育员资格证的安东尼娜,以照料残疾儿童和发幼儿读物为生。

1907年,阿纳斯塔西亚·茨夫达伊娃说:"她没有父亲,也不提他。"她当时在莫斯科波托兹卡亚女子体育学校,是艾莱娜的同窗,不久将成为她的密友。1908年,有人突发奇想,开始叫艾莱娜为加拉,并把重音放在第一个元音上。1909年左右,母亲与一个叫季米特里·伊里奇·冈伯格的莫斯科律师共同生活。他是一位斯拉夫化的、遵守教规的犹太人。他把她们安置在一套漂亮的居室里,并给她们提供比较奢侈的生活。

少女像喜欢一位真正的父亲那样,喜欢上了律师,并向所有的人这样介绍他:他是她的生父,是从国外回来的,他在那里进行了一番漫长而艰苦的考察。这种女儿对父亲的依恋甚至达到这种程度:她把季米特里奥甫娜嵌进了自己的名字和姓氏之间,这个添加的名字并未出现在正式的俄国证书上（因为最起码根据法令，她是伊凡之女），而且在法国，它也不具备法律上的意义。于是，加拉这个绰号对真名的置换，这种非法获得，这种模棱两可，这种排列，这种半真半假，这些都表明，她很难从精神上确立和接受父母亲的状况；同时也表明，她把自己的形象理想化了。它们还表明，其中有隐言，有重大的禁忌，而她具有一种双重或优柔寡断的性格（艾吕雅后来说是"双重明星"）。所有这些问题的根子都在为我们所不知的幼年生活中。在安东尼娜及其四个子女的那些无声岁月里，在"喀山，1894年"和"莫斯科"之间，我们不知道究竟发生过什么事。

加拉的家庭有问题，让－夏尔·加托在传记中说"在'喀山，1894年'和'莫斯科'之间，我们不知道究竟发生过什么事"，这是一个谜，人们只能做心理推测。后来她对律师的爱，掺杂很多的因素。加拉的这段精神形成，对于人生影响太重要了，她在创造自己的神，以至于后来和艾吕雅在一起生活，发生的一切和它都有直接关系。

加拉19岁，艾吕雅也17岁了，都有自己的梦想和渴望。他们来到疗养院是为了治病，但是在这特殊的地方，青春点燃爱情的火焰。大雪封断外面的世界，寒冷的日子不适于散步，两个热恋中的年轻人，躲在屋子里形影不离，被爱情的灼热缠绕。加拉不是一般的女孩子，家庭的变故，使她的情感敏感，她和巴黎的未来诗人有很大差别。她的性格狂热，又涂上一抹神秘，这增加艾吕雅的征服欲望。

你在微笑背后隐隐动情
赤身露体，爱的话语
暴露你的乳房和脖颈
暴露你的臀部和眼睑
暴露全部轻抚和爱怜
只要你眼中的亲吻
唯独显现你的全部

我是被梦弄醒的，梦中我搭乘长途客车，中途下来方便。我再回到车上时，发现上了另一辆车，所坐的车已经开走了。茫然地站在街头，面对往来的陌生人、马路上奔跑的汽车不知所措。我突然醒来了，一身的疲惫，绝望还在拉扯不放。看了一眼小闹钟，凌晨三点，离天亮还有一段时间。我想回到睡眠中，在床上辗转无法找到睡意，想到白天读到的照片，他们各自的神情，沉在自己的思绪中。人生有时就像搭错的车，不同的时间，不同的地点，踏上不该上的车。

初春的风在窗外游荡，街道上跑过夜行车，我试着换几个姿势，抵抗纷杂的思想。夜真长，仿佛望不到尽头。

这个梦和我写艾吕雅分不开，新一天到来了，将继续走进他们的生命中。

在回忆中寻找真实

1952年2月，因为艾吕雅是"全国委员会"成员，被苏联人邀请参加纪念雨果一百年的活动，同时还有雨果的孙子让·雨果。

2月25日，艾吕雅到达的第二天，旅途的风尘还未洗净，他就在高尔基科学院前做了《雨果，平凡的诗人》的演讲。爱伦堡作为主人陪同远来的客人们，在话剧院观看《吕伊·布拉斯》，去看歌剧《黑桃皇后》。然后又不辞劳苦尽地主之谊，陪艾吕雅坐卧铺车去列宁格勒，看一场古典的芭蕾舞。艾吕雅是诗人，他想欣赏更多的艺术，了解苏联的文化和风俗。在当时苏联高压的政治情况下，爱伦堡还是想办法满足朋友的愿望，带他去看了一个怪异的叫康恰洛夫斯基的画家。爱伦堡是苏联的文化名人，但事后感到不安，他怕触动当局的那根神经。

1930年，他们是在德国柏林相识的，爱伦堡和柳芭在画家格奥尔格·格罗斯家中，客人里有艾吕雅。他叼着烟斗，旁边是格罗斯，另一个是爱伦堡，这是为了纪念新年的到来，他们拍下的纪念照。当时超现实主义者们，关于阿拉贡的对错正在激烈地论争，艾吕雅站在不妥协这一派。

1935年4月20日，布勒东去加那利群岛的前几天，给国际作家保卫文化大会组委会秘书勒内拉卢发了一封信。信中说艾吕雅及佩雷等人将参会，超现实主义的朋友们知道，这次大会很多名人将聚在一起，他"坚持要大会探讨在革命前景下的文化变异，将实际性的问题明确提到日程上来，如探索新的表达方式以及'各种形式深刻的人文问题'"。

1935年，以希特勒为首的法西斯，在莱茵河对岸烧书杀人，正在积极扩军备战，蓄谋发动侵略战争。超现实者们，还在为行为主义的琐事争论不休，爱伦堡写了一篇尖锐的文章《为革命服务的超现实主义》，直指这个小集团。后来在会议上，艾吕雅宣读布勒东写的讲稿，他看到老朋友爱伦堡，未打一声招呼，仿佛他不在场一样。

1935年6月14日，艾吕雅和努什在马恩·雷伊那里用晚餐。晚上布勒东和雅克琳娜等朋友，陪同前来参会的捷克友人去一家小餐馆，饭后回来的路上，在蒙巴纳斯大街，碰上了从丁香露天舞园走出来的爱伦堡，就是他把超实主义者们比作"一堆变质的肉"。

突然遇到爱伦堡,他们狭路相逢,如同仇敌一般,布勒东控制不住情绪,伸手打了爱伦堡几个耳光。每打一下都骂出一句话,这是爱伦堡文章中对超现实主义者猛烈批评的、尖刻的语言。事情过后,布勒东和朋友们去马恩·雷伊家,找艾吕雅喝咖啡去了。日本"现代抒情诗之父"荻原朔太郎说道:"在诗人的性格中,总是残留着不少孩子气。被称为诗人的人们,甚至到了相当的年龄,性格里仍会有不成熟,并以其孩子气构成特色。与诗人相比,小说家要老成得多,就连年轻的作家,也往往沉着稳重,俨然一副成人的样子。由此看来,诗人也许是一种发育不全者。"荻原朔太郎以哲学家的眼光,一语中的地说清诗人的另一面。布勒东的不成熟,体现诗人天真的性格,他们的情感有时失控,驾驭不住自己。如果他们的理智占据上风,诗人的情感将被扫得一干二净了。

1937年夏天,有一天在圣日尔曼街上,爱伦堡从一家书店浏览新到的书。他感觉身边来了一个人,往旁边一看,是昔日的朋友艾吕雅。目光遭遇的一瞬间,彼此感觉尴尬,不知该说什么。还是艾吕雅先开口问好,听上去有些不正常,他对爱伦堡说,毕加索已经告诉他,您在西班牙。他说话时很谨慎,选择了敬称,"在你的下面多写了个心字"法语和汉语是不同的,把他们之间的距离拉远了,双方都怕触碰脆弱的神经。超现实主义者对爱伦堡的侮辱,不仅是政治观点不同,还有人格上的贬损。爱伦堡走遍欧洲,是一个有影响的人物,见过大场面的人,他不会轻易地低头。爱伦堡应付艾吕雅的问题,这是不欢而散的会面,过节儿不是问候能改变的。

1946年,爱伦堡和老友艾吕雅在巴黎相逢,并重新拥抱了。爱伦堡从朋友的口中得知,艾吕雅的个人生活发生很大的变化。他和加拉离婚后娶了努什,毕加索曾经为她画过像,她的典雅和美丽赢得艺术家们的赞赏,艾吕雅的诗也有了一缕光亮,不那么阴灰了。后来爱伦堡见到了努什,果然与毕加索和朋友们描绘的一样。他们在一家咖啡馆里坐了一个晚上,叙述往日的情谊,讲战时各自的境遇,说说笑笑中度过了美好的夜晚。在《人·岁月·生活》这影响一代知识分子的大书中,他真实地记载和艾吕雅的友谊:

  艾吕雅很爱绘画。除了毕加索以外,给他的作品画过插图的还有许多互不相似的画家——马克斯·恩斯特和瓦莲京娜·尤果、莱热和萨尔多·达里、夏加尔和基里科。他所喜爱的画家有许多与我志趣不同,但我明白,他在他们的作品中看见了诗的图解,看见了他的一个看得见的梦境的世界。然而他在自己的诗中并未企图用词句塑造形象或表现色彩——他相信词句的魔力,而且不回避这种魅力另去追求造型或辞藻。

  艾吕雅对毕加索的喜爱甚于对一切的人和物。他们的友谊延续了四分之一个世纪,任何东西都不能使之中断或者哪怕是使之冷却。在毕加索的《格尔尼卡》这幅画的下面有艾吕雅的诗。保罗把自己描写伟大画家的诗收集起来,并把这诗集叫作《帕勃洛·毕加索》。从外表上看他们像是来自相反的两极——一个像鬼,一个像婴儿,不过这是属于那些艺术的力量一窍不通的主考官或分类学家的评价。鬼可以是善良的,甚至是天真无邪的,而婴儿也进出地狱并知道许多事情。同外表相反,同年龄和职业的规律相反,他们是情同手足的两个伟人,每当毕加索回忆道"这是保罗对我说的",他的脸就变得那么温柔,使人的心都不禁发紧了。

  那是一个那么忠厚而谦虚的人,因而似乎不曾有过私敌。他于1942年加入法国共产党,始终忠实于它。他去世的时候还处在一个极端残酷的时代,令人吃惊的是——他的诗歌的力量、人道和宽大使政敌也无法反驳。诚然，政府曾企图禁止殡葬游行，但这只是"冷战"的机械行动，不是活人的举动，而是电子机的举动。从艾吕雅去世以来过去了许多时间，但他的影响却在继续增长，关于他，已经没有任何人还有争论了——他的诗歌既超越了他的一生，也超越了重大的事件。

离开莫斯科前的一个夜晚，聚集在爱伦堡家里，大家快乐地说笑，艾吕雅战争时受过毒气的伤害，到了晚年抖得更厉害，但他仍然开着玩笑，逗大家开心。突然他沉默不语，伤感漫散开来，离别的愁绪，把和朋友在一起的喜悦融化。他们的友谊经受过战争，还有政治上的不同见解，但是他们都有一颗对人类关爱之心。老年的诗人是在回忆中寻找真实，享受人与事带来的情和爱。

这不仅是一种感激

兰波终于不能行走了，坐在病床上眺望窗外，审视走过的人生道路，他觉得只有写在纸上的文字，才能回味和表达出来。他真诚地敞开心胸，直抒深藏的话语。信简洁而不啰嗦，这些文字是泪水相伴下写出的，充满对生命的思考。信的结尾他还画了自画像，自己拄一根拐杖，弓起的身子，仿佛长出的罗锅。兰波在医院给母亲写了几封长信，讲述自己失败的人生经历。这几封信极其珍贵，兰波去世后是难得的藏品。

兰波写给家人的两封信，意外地被艾吕雅收藏，也是藏界中的极品。聂鲁达生日那一天，他忍痛割爱，将它们作为礼物送给聂鲁达。

聂鲁达的一生大多在路上，和兰波还不一样，他是政治逃亡。

1945年，聂鲁达越过安第斯山的圣马丁，在巴黎没有护照，他躲在朋友的家中不敢露面，想尽办法去弄到一本新的护照。

热情的艾吕雅找到毕加索，通过各种关系为聂鲁达办理护照，他非常敬佩艾吕雅的为人，也为有这样的朋友感到自豪。1952年，聂鲁达结束长期的流亡生涯，他们经瑞士到戛纳，然后又乘一艘意大利的轮船，到达蒙得维的亚。途经法国时不想打扰任何人，只是告诉艾利斯·加斯卡尔，他是聂鲁达诗歌的翻译者和好友之一。当船到达码头补养，在附近的街上，遇到艾吕雅夫妇。听说聂鲁达要经过此地，他们早已在此等候，请他吃中午饭。那是他们最后的一次会面，聂鲁达回忆中说："我还记得他在戛纳的阳光下，穿一身睡衣似的蓝衣服。"戛纳的街道上的阳光，艾吕雅红润的脸，蓝眼睛中充满笑意，永远存在聂鲁达的心中，这不仅是一种感激，也是朋友之间的情谊。艾吕雅从圣特罗佩赶来，同时约请毕加索一同前来，就是为了和聂鲁达见上一面，请他吃一顿午饭。聂鲁达在他的自传中，特意写了《杰出的艾吕雅》：

对我来说，撰文悼艾吕雅是十分困难的。我仿佛仍然看见他活在我身旁，他那双视野开阔、目光深远的眼睛，似乎仍然炯炯有神，闪着如电的蓝光。

他生长于法兰西土地，桂冠和根在那里交织成他流芳百世的遗产。他的身躯由水和岩石构成，全身缠满老藤，藤上鲜花簇簇，光彩照人，藤上还有鸟巢，传出透明的歌声。

"透明"是个确切的词儿。他的诗是晶莹的水晶，是他吟唱之河里凝然不动的水流。

诗人心中充满至高无上的爱，充满法国南方人的纯真热情。在法国横遭战祸的日日夜夜，他把心献给祖国，从心中喷出坚决战斗的烈火。

于是，他顺乎自然地进入了共产党的行列。对艾吕雅来说，入党就是以自己的诗和生命确认人性和人道主义的价值。

绝不要以为艾吕雅的政治家气质逊于诗人气质。他的远见卓识和精辟的辩证推理，往往令我叹服。我们一起研讨许多事情、人物和当代问题，他的高明见解使我永远受益。

他没有在超现实主义的非理性主义中迷失方向，因为他不是模仿者，而是创造者；正因如此，他把清醒和智慧的子弹射向超现实主义的僵尸。

他是我朝夕相处的挚友，现在失去了他那成为我的面包的一部分的温情。他带走的一切，谁也无法为我填补，因为他那积极的手足之情，是我平生最珍贵的享受之一。

法兰西塔哟，我的兄弟！我俯身看着你紧闭的眼睛，它们仿佛仍在向我展示你早已确立在大地上的光辉和伟大，质朴和正直，善良和纯真。

恩斯特·卡西欧指出："艺术家选择实在的某一方面，但这种选择过程同时也是客观化的过程。当我们进入了他的透镜，我们就不得不以他的眼光来看待世界，仿佛就像我们以前从未从这种特殊的方面来观察过这世界似的。"聂鲁达用"透明""流芳百世的遗产"，高度评价艾吕雅的一生。这样的地位不是每一个作家，身后都能得到的。他为失去亲密的朋友惋惜，为法兰西失去这么伟大的诗人而疼痛。

在那儿与天空和大地为伴

在莫斯科，爱伦堡和艾吕雅相约，12月在维也纳见面再叙，没想到的是8个月后，一个大雾的早晨，他得到了不幸的消息，艾吕雅去世了。坏消息打击爱伦堡的心，1914年，战争期间艾吕雅受过毒气的伤害，一辈子手都在颤抖，晚年更厉害了。他想起和朋友分手的前夜，他的手不停地抖，他们约好再次相见的日子，无法想到这是永别。

法国诗人拉波特既是毕加索的学生，又是他的情人，他们和艾吕雅经常在一起。她和艾吕雅夫妇的关系相当密切。她在写毕加索的同时，也记录艾吕雅的很多细节，她写他最后时刻的事情：

> 保罗对当地的景色，一时都无心欣赏：无论是在帕米尔（他很喜欢那里的手摇风琴，而毕加索却为之蹙额）或者是在宜人的庞珀隆纳海滨，他都没有丢开自己所热衷的话题：
>
> "迄今为止，我还没有写出过一首让自己称心满意的诗歌……尽管某些作品居然受人称道，但我却不以为然。你不也是如此：对自己的绘画从来没有心满意足过！然而，若不是这样，你恐怕早已停滞！"
>
> 毕加索静静地听着艾吕雅说话，颔首表示同意。
>
> 保罗继续用平静的语气说道：
>
> "你始终不安于原状：对绘画、爱情以及其余的一切，都是如此！"
>
> 随后，他指了指密集地挂在墙壁上的许多幅油画说：

"我期望有朝一日能将自己的诗情，倾注于一篇长著之中，我梦想能着手写一首连续的、永不间断的长诗。你不是亦有此设想吗——集所有的绘画于一整幅的巨构之中？"保罗讲到这里，便举步走近阳台，凝视着在阳光照耀之下而金光闪闪的海面和水天融于一色、海空吻接的迷蒙的远方。

"自然界的景色变幻不息，永不滞留！生命与死亡之不可分离，亦同此情理……"

后来，他用这一主题，写下了《死亡·爱情·生活》。这本诗集还在出版后的第二年的夏天里，被灌制成唱片。唱片的套封上，印有保罗的侧面头像——线条清晰而简练，是毕加索的手笔。但唱片在市面上销售时，保罗已经不在韦尔夫居住，所以向我酬赠这套唱片的是多米尼克。他将唱片装在一只盒子里，然后在上面写上"保罗谨赠"的字样，毕加索接着还在她的手迹下面，画上了一只衔枝展翅的白鸽——它寓意着希望。在将近一年的时间里，我不时地被保罗夫妇邀去他们的格拉韦尔街寓所做客、吃饭。保罗后来就是在这个寓所里不幸病逝的，时间是1952年11月。此前一个星期，他闲聊中不知为什么突然想起"皮埃罗古尔芒"牌糖果盒来——它是我童年时代生活中的宝贝。不料保罗也突然想起要尝一颗红颜色的覆盆子果或者草莓水果糖。为了满足他的愿望，多米尼克同我立刻就下楼上街，想不到我们跑遍了整个居民区，也买不到他所要的那种糖果。我于是答应下个星期买好再给他带去……可是，到了预定的那天上午，当我途经毕加索的盖吕萨项链街寓所时，伊内斯告诉我说，保罗当天早上去世了。我一听说毕加索刚刚离开家前往格拉韦尔街时，便连忙搁下了那盒随身带来的糖果——它已不合时宜了，立即上街赶路。当我抵达保罗夫妇的寓所时，毕加索却已离开那儿。一些好友正围坐在异常悲痛的多米尼克的身旁，劝她节哀。多米尼克强忍眼泪，举止始终不失庄重的常态。我急忙把刚刚买到的那束紫罗兰花，放在适当的地方，便悄悄地离去——免得在多米尼克的悲恸之上，再添加哀伤。

1952年11月18日上午9点，艾吕雅起床时，感觉呼吸困难，大声叫妻子的时候，头往后一仰，心脏病夺走了伟大诗人的生命。

拉波特走在送葬的队伍中，看着缓缓移动的灵柩，再也听不到朋友的声音了，毕加索的大眼睛中堵满茫然。曾经的日子里，朋友们一起常去度假，喝酒聊天，谈艺术，探讨人生的意义。今天在悲痛中，瞩望友人孤独地走在去天堂的路上，他无能为力，挽留不住远去的身影。毕加索感到无助，也不知怎么去安慰友人的妻子，他想起艾吕雅为他作的诗：

> 睡眠的武器顺黑夜已经挖掘，
> 那隔开我们头的神奇的田垅。
> 所有勋章透过钻石无不虚假，
> 通亮的天空下大地无影无形。
>
> 心灵的面孔丧失本来的色彩，
> 太阳寻觅我们，而白雪却失明。
> 我们若抛弃它，天边自有翅膀，
> 我们的目光远远把谬误廓清。

艾吕雅的妻子多米尼克一身黑色的丧服，痛苦的样子，人们不知应该如何安慰她。快到拉雪滋神甫墓地的时候,由于送葬的人太多,有些涌动不安了。墓地大门的里边,艾吕雅将躺在那儿与天空和大地为伴了。

  11月的天空灰暗,墓地有的人哭得一塌糊涂,为失去伟大的诗人,失去正直的朋友。

           2012年2月15日于抱书斋

在黑暗中散发痛苦的光芒

一

1920年11月23日,策兰出生在切尔诺维兹,这个地方位于罗马尼亚,是奥匈帝国的最东端。那里民族杂居、情况复杂,小镇上的居民一半是犹太人。有的人讲乌克兰语,有的人讲罗马尼亚语,有的人讲德语,也有的人讲斯瓦比亚语和意第绪语。这是一个各民族文化大杂烩的聚集地,它们相互渗透,形成特殊的文化氛围。母亲善良而文雅,用一口德语给策兰讲童话、唱儿歌。她忠心于德国文学,甚至对策兰要求苛刻,必须讲纯正的德语。在母亲的影响下,策兰喜爱读歌德、海涅、席勒、荷尔德林、特拉克尔、尼采、魏尔伦、兰波、卡夫卡等人的作品。策兰的父亲是犹太的复国主义者,父亲的愿望是儿子能成为优秀的医生。

1941年7月5日,纳粹分子占领切尔诺维兹,对犹太人疯狂地屠杀。一夜间3000犹太人,在冰冷的枪弹声中倒下,还有大批被赶进隔离区,佩戴黄星标志的犹太人,为了生存四处躲藏,陷入灾难里。1942年6月27日,那个晚上,策兰躲在朋友家中逃过一劫,他的父母被赶上运牲口的车,在闷热的夏天颠簸了5天,被送往布格河南边的集中营，开始惨无人道的苦役。后来策兰被关进劳改营做苦力，一道冷酷的铁丝网，隔开一家人，"穿过铁丝网抓住父亲的手。一个卫兵看到了，重重地砸在保罗的手上：'此时，我放开了爸爸的手——想一想，我松开了他的手然后跑走了！'"策兰给蕾克娜的信中说："你写信让我不要绝望，不，茹丝，我不绝望。但我母亲让我很痛苦。最近她病得很重，她一定惦记我，甚至没道别我就离开了，也许是永别。"母亲的声音被压抑成块状，压在胸口上喊不出来，只有把目光奋力地投掷，抛向高远的天空。

　　黄河四路上的小书店是我常去的地方，一扇不大的窗子，堆满马路上的情景。灰色的天空贴在玻璃上，不大的空间被一排排书架挤占，下午两点多钟，光线就变得朦胧，策兰带着他的诗歌走来。2002年的秋天，我和策兰在昏暗中相遇。黄皮诗集闯开视野，从这时开始，我走进他的诗歌。光越来越少，时间收拢光亮，把它们折叠起来。我请求店主打开灯，让冲来的光焰，舔尽策兰诗歌带来的绝望。多年过去了，总想到那个下午，读策兰的情景。

　　2002年的秋天远去了，它不过是匆匆的过客，而策兰的诗到今天还在读，一次次地走进他的诗中。

　　我的耳朵根子发软，太过于轻信别人的话。2005年，冬天的一个日子，一位文友在电话里煽情，向我讲述北岛的《时间的玫瑰》是一本多么好的书，其中有写策兰的长文。那时对策兰有点了解，想多知道与他相关的物事。这是一本让我空欢喜的书，北岛只是运用掌握的资料，复述策兰的一生，我没有看到诗人，对犹太诗人精神的理解和剖析。策兰不是一块石头，他是一座山峰，高高地耸立。在策兰冰冷、坚强的内心，注满生命的大水，阅读者需要等待石头开花。

二

　　1945年，策兰来到布加勒斯特，以Celan（策兰）作为名字，从事翻译和写作。策兰在拉丁文里的意思是"隐藏或保密了什么"。改动自己的名字，是由于多种原因造成，这一改动是自我的，不是谁强压给他的，缘于心灵中的自觉。将自己置于痛苦的背景下，他的悲剧性的内心，甚至还有他的死。

1952年，《罂粟与记忆》在西德出版了，这是策兰的第一本诗集。其中《死亡赋格曲》引起广泛关注，尤其经受过战争的人心灵布满创伤。战后的德国诗坛一片荒凉，诗人控诉纳粹的万恶罪行，震破沉默的德国诗界。王家新在策兰诗集的序，用了《从黑暗中递过来的灯》的题目，"黑暗""递过""灯"诠译他一生的链接。灯是明天的光明，是一种美好的期盼。从黑暗中送出的灯不仅是光明，更是精神的接力。王家新说："我意识到策兰的诗需要我用一生来研读，它要求的是忠诚和耐性，是一种'不为人知的秘密的爱'。它要求我不断回到策兰所特有的那种不可转译的词语的黑暗中，直到有一天它被照亮，或被我们更深刻地领悟。"他所说的忠诚和耐性，是他接近策兰时的感受，"耐性"太折磨人了，在他的身上发现了什么。同时也对走近策兰的人忠告，他不是轻易被解释得了的诗人。人的心灵和精神广大无边，不是任何人都能踏入的。理解说起来好说，写起来好写，但付之行动却艰难多了。

城市被黑暗吞没，夜清理噪音，诗歌的脚步逼近，我调整好状态，迎接诗歌的到来。

  清晨的黑色牛奶我们在傍晚喝
  我们在正午喝在早上喝我们在夜里喝
  我们喝呀我们喝
  我们在空中掘一个墓那里不拥挤
  住在那屋里的男人他玩着蛇他书写
  他写到当黄昏降临到德国你的金色头发呀

玛格丽特
他写着步出门外而群星照耀着他
他打着呼哨就唤出他的狼狗
他打着呼哨唤出他的犹太人在地上让他们掘个坟墓
他命令我们开始表演跳舞

清晨的黑色牛奶我们在夜里喝
我们在早上喝在正午喝我们在傍晚喝
我们喝呀我们喝
住在屋里的男人他玩着蛇他书写
他写着当黄昏降临到德国你的金色头发呀
玛格丽特
你的灰色头发呀苏拉米斯我们在风中
掘个坟墓那里不拥挤

他叫道朝地里更深地挖呀你们这些人你们另一些
现在唱呀表演呀
他抓起腰带上的枪他挥舞着它他的眼睛
是蓝色的
更深地挖呀你们这些人用你们的铁锹你们另一些
继续给我跳舞

清晨的黑色牛奶我们在夜里喝
我们在正午喝在早上喝我们在傍晚喝
我们喝呀我们喝
住在那屋里的男人你的金色头发呀玛格丽特
你的灰色头发呀苏拉米斯他玩着蛇

他叫道更甜蜜地和死亡玩吧死亡是从德国来的大师
他叫道更低沉一些现在拉你们的琴尔后你们就会
化为烟雾升向空中
尔后在云彩里你们就有一个墓在那里不拥挤

清晨的黑色牛奶我们在夜里喝
我们在正午喝死亡是一位从德国来的大师
我们在傍晚喝我们在早上喝我们喝
死亡是一位从德国来的大师他的眼睛是蓝色的
他用子弹射你他射得很准
住在那屋里的男人你的金色头发呀玛格丽特
他派出他的狼狗扑向我们他赠给我们一个空中的坟墓
他玩着蛇做着美梦死亡是一位从德国来的大师

你的金色头发玛格丽特
你的灰色头发苏拉米斯

  我在遥远的东方，听不到策兰录下的声音，死亡的黑牛奶，弥漫无法说出的气息。血管骤然收缩，一阵冷爬满全身。"空中的坟墓"鲜花无法开放，没有生于斯、长于斯的泥土，亲人也不可能去了。来自德国的大师牵着一条狼狗，扑向掘墓的人们。

  一个诗人经过残酷的战争，家园遭到毁灭，失去了母亲，漂泊中涌起的思念之情无处诉说，只有向神悲苦地表白，将内心的压抑甩出来。神听到了死亡的吟唱，对于集中营里的犹太人的命运，他不该伸出救助的手么？

  春雨淋湿大地，在波兰的中国学者、作家一平，踏上去奥斯维辛的列车。他在《去奥斯维辛》中写道："奥斯维辛,这个词浓缩着恐惧,它聚居着无数冤魂。如果把这个词打开,那些魂灵会像疾病一样流窜世界。语言是有灵魂的。这是一座不大的城市,因那一段事情举世闻名。我很同情居住在这里的人,他们笼罩在恐怖的气氛中。"雨给人增添忧伤,去奥斯维辛集中营不是去观光,记忆中保存的是苦难。铁丝网、岗楼、狱房,真实的东西,不是一般的冰冷的符号,而是由人的生命构建的纪念碑。雨时断时下,天空中堆积的阴云,压抑人的情绪,仿佛无数的冤魂,在灰色的天气里跑出来哭喊。湿冷的风吹在身上扎痛人的皮肤,人置身这样的环境中,面对铺天盖地的历史记忆,一个人能想些什么呢?2012年3月1日,傍晚时分,天空下了几片雪花,春天乘着纯白的花朵来到大地上。我未拉上窗帘,黑暗中守着一盏灯,重新读了一平的这段文字。我想用春天的雪花,织成洁白的花坏,祭奠那些死去的冤魂。知道一平的名字,是和苇岸通电话中听他说起的,当时他正在写和一平的通信,苇岸去世以后,这封信收入《上帝之子》书中。苇岸谈到了纳粹集中营的幸存者,心理学家弗兰克的《人生的真谛》,还有另一位自杀的犹太作家茨威格。

　　1945年生于德国的安塞姆·基弗,是20世纪80年代"新表现主义"代表画家之一。他比策兰要幸运得多,他出生时正是德国战败的那一年。艺评家苏坤阳说:"他通常以策兰的诗歌为其作品命名或者作为展览主题,体现得最有力的一组绘画是基于诗人策兰1945年于纳粹集中营完成的诗歌《死亡赋格曲》。基弗吸收了诗歌主要表现的内容,比较了雅利安人玛格丽特金色的头发和犹太女人苏拉米斯深灰色的头发。在作品《玛格丽特》中,艺术家将金黄色稻草,粘贴在描绘荒芜大地的风景画中,作品传达出诗意的情调。正是有了基弗的介入,新表现主义绘画才获得一种表现语言的诗性特征。"安塞姆·基弗"成长于第三帝国废墟上的画界诗人",我在画家朋友的画室中第一次听到他的名字。那个画室的窗口外，一堵冷冰的水泥墙，挡住远眺的视野，在这里听到城市的各种噪音。不大的地方堆满画框，稍不注意被绊一下，画布上是一幅正在创作的画。他长长的头发，随着肢体语言飘动，工作台上摞满书籍。画家朋友疯狂地推介安塞姆·基弗，用了一串粗俗的词语，赞美这个德国画家。《焦灼的基弗》封面的背景是"苏拉密斯"，设计者在下半部用了安塞姆·基弗的照片，突出他冷静的眼睛。1983年，他根据策兰的《死亡赋格》，创作了《苏拉米斯》。灰发的苏拉米斯，就是在这座紧闭的军事城堡中，唱出"清晨的黑色牛奶我们在夜里喝"。我们听到城墙上空飘越的死亡之诗，嗅到地上流淌的血腥气味。铁锹发出的锐叫，在天空挖掘坟墓的声音刺耳。一群人在狼狗和手枪的威逼下，为自己，为一个民族掘墓。我很想推开厚重、压抑的城墙，撞开阴森的大门，让唱歌的人们恢复自由，回到自己的故乡。安塞姆·基弗面对画布，他的心难以平静。"当我使用一首诗、诗中的某个句子，甚至某个词时，它们都盘踞在我的心中，与我一起变老，它们的变化都体现在画布之上。"安塞姆·基弗用"与我一起变老"，这一形象的语言，表明策兰的诗渗透他的生命之中。在策兰的诗歌面前，不可能有太多的赘言，只有敞开胸怀接纳，林贤治在一文中说：

忧郁的基弗。

他注视任何事物，目光中似乎都带着一种灰色调。对法西斯建筑也如此。批判的目光本是明快的、坚定的，有如飞矢直达的目标；可是，对于忧郁的人，这目光难免变得迟疑、缠绕，雾一般缓缓向前靠近。内省的神秘性，将把我们引向何处？我们最终能不能拒绝法西斯主义的魅惑，至少不致沦为视觉上的同谋？

安塞姆·基弗的军事城堡的每一块砖，每一块石头，厚重的大门都深埋策兰的诗行。读策兰的诗，看安塞姆·基弗的画，一个人在深夜承受精神上的重压。风在冬日的窗外徘徊，黑暗中偶有夜行车的轰鸣声，打破了夜的宁静。

三

1948年，策兰在给以色列的亲戚写的信中说："有些人必须要在欧洲把犹太精神的命运活到终点，也许我就是这样做的最后一批人之一。"

1945年4月的一天，策兰搭坐一辆挤满人的俄国军用车，离开切尔诺维兹，向布加勒斯特驶去。这对于他而言是一次重要的逃亡，迈出新的一步。切尔诺维兹远去了，丢在记忆中了，留在身后的是故乡，还有在战争中失去的母亲、父亲，美好的童年和青年时代。策兰来到欧洲后，写了一些散文，"最后，那人站着，盯着自己，'伸出的脚趾在做某种流浪动作。'"这个动词重了，流浪就是一个人无家园，没有母爱了。流浪不是做一次旅行，而是一生的漂泊，背在身上的家园没有地方能容下它。"你最好从灵魂的底部取出自己的双眼并放在胸前，那么，你可以知道，这里发生了什么。"策兰从灵魂中拿出眼睛挂在胸前，察看这个世界。民族的历史压在诗人瘦弱的肩上，未免太大太沉了。

1950年，策兰在塞纳河边的书摊上，遇到两只七枝的烛台，他买下其中一个。回到家中，策兰和妻子面对孤单的烛台，发出一声声追问，"它们是从哪儿来的？经历过什么样的生存故事？"策兰陪伴着杏树、烛台、黑暗、灯光、姐姐、石头四处奔波，这些名词不断地重复，它不是语言贫乏的表现。

数数杏仁，
数数这些苦涩的并使你一直醒着的杏仁，
把我也数进去。

当你睁开眼睛而无人看你时，我曾寻觅你的目光，
我纺过那些秘密的线，
上面有你曾设想的露珠，
它们滑进罐子，
守护着，被那些无人领会的言词。

仅在那里你完全拥有你的名字，
并以切实的步子进入你自己，
自由地挥动锤子，在你沉默的钟匣里，
将窃听者向你撞去，
将死者的手臂围绕着你，
于是你们三个漫步穿过了黄昏。

使我变苦。
把我数进杏仁。

　　诗人需要"内心的耳朵"倾听，杏仁在痛苦的漂泊中。母亲早已葬于故乡的土地上，如今他和思念中的母亲对话，策兰把她比作杏仁。他对亲人和故乡的想念变得那样深——母亲的杏仁眼睛、做糕点时放入的杏仁。杏还代表犹太人的意识，因为它是以色列开得最早的花，他们使用的烛台上，大多都刻有杏树开花时的情景。母子之情，民族之情，让策兰孤苦无望，一颗颗地数杏仁，"数数这些苦涩的并使你一直醒着的杏仁／把我也数进去"，杏仁是声音，召唤

远在他乡的孩子。他把自己变成杏仁数了进去，浸泡在情感的泉里，躲避痛苦的追杀，在这里什么都不怕了。

策兰写完《数数杏仁》，不久以后去了一趟德国，参加一场47文学组织的活动。在汉堡的街头，策兰碰到一条狗被汽车撞死，一伙妇女为此连连感叹。见到这一景象，他激动地说："他们竟然为一条死狗悲叹！"他在无形的网中生活，无力挣破这网，去活得轻松些快乐些。策兰朗读了他的《数数杏仁》《在埃及》等诗，策兰的伤感不是强迫自己做出来的，而是从生命中渗出的。策兰的眼前，一定出现了七枝形的烛台，祖父点燃的烛火，闪烁着希望的未来。巴什拉在《烛与火》中写道："于是，若是火苗的遐想者与火苗对话，他说是与自己对话，他就是一个诗人。遐想者把世界的命运放大，同时他思索火苗的命运，他放大着语言，因为语言表达的是一种世界之美。通过这样一种唯美主义的表达，心理本身在扩大，在升华。"

1960年，毕希纳奖颁给了策兰，此后他的作品变得简洁、阴暗、晦涩，诗集《无主的玫瑰》《一丝丝阳光》，表现他人格深层的东西，对现实的失望情绪，内心矛盾激烈的冲突。1986年诺贝尔和平奖得主埃利·威塞尔，生于特兰西瓦尼亚的锡盖特镇，1944年镇上的所有犹太人，其中也包括他的全家被赶押到集中营，母亲和妹妹随后被杀害。1956年埃利·威塞尔加入美国国籍，1976年任波士顿学院人文学科教授，"并成为一个讲述犹太人和人类在大屠杀中所受苦难的著名讲演家"。1998年作家出版社出版了他的《一个犹太人在今天》，他在书中指出："那些从战争中幸存下来的人的问题并不是如何习惯生活，而是如何习惯死亡。死亡在大屠杀期间是匿名的，例行公事的。它打动不了任何人。而幸存者们却花去许多个月，倘若不是许多年的话，来再次认识到死亡是一个私下的、个人的事件。幸存者花去了无数年月，在能够目睹一个进食，能够入睡之前，当然也在他们能够歌唱之前。"

策兰无法歌唱，没有美丽的天堂，他站在废墟上寻找母亲。诗是他的喃喃自语，他的诗建立在死亡和绝望上。"只有真诚的手才能写出真实的诗。"

四

1970年4月20日，这一天是"逾越节"，是为了纪念犹太人从埃及的奴役下解放出来的节日。策兰选择这样的日子，从塞纳河上的一座桥上跳下去，投进流淌的河水中，结束自己的一生。他对世界充满太多的失望，死是最好的挣脱。薇依认为："人的生命只有两个完美的赤裸和纯洁的时刻：出生和死亡。人只有作为新生儿和垂死者热爱上帝才能不玷污神明。"策兰应了薇依的"纯洁"，带着纯净的心离开了，他的死，正如他的出生。他公寓的门下塞满邮件，几天后，直到5月1日，在下游被一位渔民发现尸体。策兰不想和任何人告别，49岁就这样去了，他的诗歌是最好的遗书。策兰的书桌上摆放着《荷尔德林传》，打开的一页里，有他多处用笔画出的句子："有时，这个天才深深地潜埋进他那心灵苦涩的泉水里。"卡夫卡是策兰喜爱的作家，他在故事中讲述了父亲和儿子的事情。那个叫格奥尔的儿子冲下楼梯，快速横穿马路奔向河边。卡夫卡说他像"优秀体操运动员"抓住桥栏杆，轻轻地一跃投进了河水。策兰读过这一情节，面对不可逃避的现实，作为诗人的策兰，他用生命撞响被污染的大钟，让死亡惩罚一切。

母亲给策兰灌输太多的德国文化，树立美好的形象。挚爱的父母却被德国人杀害了，死无葬身之地。策兰一直在困惑中，对德国和犹太文化充满矛盾，这自始至终撕扯着他。"祖国的母语和谋杀者的语言"双向挤压策兰，将他推向痛苦的极点，他是为犹太精神活着的，坚决地托起犹太文化。"但他不只是二十世纪犹太民族苦难的见证人，他更是一位'以语言为对象和任务'的诗人。"现实世界却不是想象的那样，他个人无法改变现实，所以只能选择死亡，这样犹太精神就永存了。

拉克利特认为："你无法发现灵魂（心灵）的极限，即便你走遍所有的探寻之路，它的意义便是如此之深。"焦虑、抑郁使策兰看到生命的真正意义。一个人有权选择生与死，死需要勇气，这不是每个人都有的。中国有句俗话"好死不如赖活着"，而策兰保存"最后的莽原"，绝不允许任何人踏入。诗人是犹太人的骄傲，在他的诗歌中发挥犹太民族的文化，和对母亲的无限敬爱。他活得灿烂辉煌，不是苟且偷生，或者迎合某些流行的口味，丧失自己的坚守。

约翰·费尔斯坦纳是斯坦福大学的教授，犹太文学的研究专家。他在《保罗·策兰传》中说："投身于保罗·策兰毕生创作的研究是一次艰难旅程。他在黑暗时代忍着累累伤痕创作出惊人诗歌，挑战我们这个世界的生活方式。我与这些诗歌相遇并逐渐熟悉它们，其间感觉到一股近乎得意的黑暗能量。这是在掩饰策兰的话语承受的负担呢，还是说这种得意接近于这位诗人谙熟于心的某种东西？"太多的痛苦和挣扎的绝望，纷纷跑进诗歌中，使策兰的诗承接力变得强大。研究者感受到艰难，他的世界不容易摸透。

古希腊剧作家索福克勒斯指出："因此，当我们等着瞧那最后的日子的时候，不要说一个凡人是幸福的，在他还没有跨过生命的界限，还没有得到痛苦的解脱之前。"冬夜的风打得玻璃作响，我觉得有些累，读策兰的传记，心灵挂满那个年代的忧伤。策兰离我们越来越远了，他的诗歌离我们越来越近了。策兰说，"终点以为我们就是／起点"，诗歌是策兰的命运，策兰是他的诗歌的命运。

2009年12月19日于抱书斋

第三卷 读书的日子

人们热衷于编造远离生活的故事,作品中掺假的现象,充斥文坛。

我翻动书页,如同走进一座原始森林,书中文学大师们的肖像,是一株株参天大树,散发一种性格和朴实的精神。

精神的火焰在燃烧

张炜的新版《心仪》，是一本"心仪"的书。

我有一本旧版的《心仪》，扉页上有张炜先生的签名。两本不同版本的书摆在案头，时间流去十几年了，但书中的文字清新，精神的火焰在燃烧。1996年11月，有一天张炜的新书《心仪》，在致远书店签名售书。我和友人坐着一辆拥挤的公共汽车，穿越济南的市区。我怀念那个日子，济大路的致远书店，是一家高品位的书店，窄小的楼梯边的墙上，挂着雨果、托尔斯泰、海明威、福克纳，一些文学大师的肖像。我经过时总是投去热爱的目光，空间挤满书架，地中间的大案子上，摞着一层层的书。就是在那样的环境里，得到张炜《心仪》的签名书。

当代作家中，张炜是我喜爱的作家，他朴素的文字中透露诗意，这种诗意是精神的本质，如同老窖中的陈年酒，年头越久香气越足。我初读这本书是三十多岁，带着新奇、渴望，而今年过五十，重新读《心仪》，感觉不同了，对书中的文字和每一位大师的感受，产生不一样的看法，这不是年龄的问题，是思考的东西发生变化了。很多书出版得快，消失得也快，有的书是一座冰山，耸立时间的深处，让人敬仰、敬爱和向往。张炜在写卡夫卡时指出："其实在卡夫卡这儿，是否是'大师'已经不那么重要了，因为他从一开始就完全无视'大师'们的传统。这真是少见的一类生命的感悟，那么新奇又那淳朴——我们常常发现新奇的东西往往不是那么淳朴的，所以有时那些独特性是要大打折扣的。而卡夫卡能够真实地生活在他的想象中，想象激动了他也指导了他。他在想象中获得和吸取了现实世界中绝无仅有的一份健康。"张炜所说的真实和想象，是支撑文学的龙骨支架，离开它们，不可能产生好的作品。现在的写作者太缺少这两种东西，人们热衷于编造远离生活的故事，作品中掺假的现象充斥文坛。

我翻动书页，如同走进原始森林，书中文学大师们的肖像，是一株株参天大树，散发性格和朴实的精神。

读一本好书，读到一个人的心灵。

2013年5月18日于抱书斋

直面真实与大地

历史是沉重的大词，面对它的时候，扑来复杂的人与事。我们从文献中读到的史料，和来到发生地，进行实地考察的感知不相同。时间的变迁，世界发生很多的变化，"野地"失去野性，历史的痕迹消失不见了。寻不到当年的情景，只有人们的口耳相传，资料上的记载，形成人的感受和想象的空间。地理学家唐晓峰说："思维不是背诵，思维要把死的东西变活。古人认为活的东西都有'灵'，孔子说'山川之灵'可以纪纲天下，他是把山川看活了。现代地质学家把亿万年的岩石看活，地质学家则帮助人们把山川、大地、城乡、废墟、西风古道、穷乡僻壤统统看活，看出他们活灵活现的本质。"唐晓峰提出的活字，这是一个核心字，是放射性的事物源。活字有了生命的气息，有了血脉的流动。我们重新走进历史，在文献中排沙拣金，闻到书卷中的时间的味道，也嗅到活的气味。

2013年，我来到了敦化实地考察，在书房中，坐在椅子上，读到的志史资料，都是一些历史的碎片，文学想象构筑的场景，还是缺少真实的东西。哈尔巴岭在我的记忆中是一个符号，二十多岁离开家乡，我随同父母迁往遥远的山东时，火车经过哈尔巴岭。那时只知道，这是一道岭，不了解过去的事情。读了大量的资料后，唤起我的全部想象，一直盼望登上这道山岭。历史由人创造，有了人什么都活起来了，我找到依克唐阿，一个坐标的人物。通过依克唐阿的踪迹，走进哈尔巴岭的历史。

我来到哈尔巴岭上，正赶上下一场小雨，冲掉秋天的干燥，荒山野岭上，灰色的调子，还有一点沉重的气息，历史的痕迹消失了，只有脚下的道路，还是原有的古驿路。历史学家王笛在他的《茶馆》书序中说："新文化史和微观史使我们从宏大叙事转到日常取向。考察历史的角度和方法，经常因史家的历史观而异。"王笛指出另一种解读历史的思路，日常生活的琐事中，潜藏历史的痕迹，将它们串在一起，形成大的历史。通过依克唐阿和古驿路，揭示地缘文化、历史事件，实地情景的考察，复活文献上的历史，寻出历史中的"裂缝"。断裂与痛苦，促使我沿着发生过的事情，查找人的踪影。

美国文化地理学家索尔特别关注道路，一条古老的驿路上，走出人物，有了器文化的载体，我们去寻找日常生活中的各个基本单位。驿路上，主要的运输车辆叫什么名字？是什么人赶的车？荒野中唱的是什么小调？穿的什么衣服？这种车的显现，带来的是它的文化血脉，我无意中在一堆资料中翻阅出，当时跑在这条路上，运输使用的是趟子车，它另外还叫毛子车。老爷岭的山脚下，我遇到林场老职工张玉明，他挖了几十年的"棒棰"，是那一带有名的跑山人了。他家的桦子垛上，倚着三根木棍，从一根棍子能看到自然环境复杂的多变性，深藏的文化重量，它和人及其地缘的关系。正如蒋蓝所说："是生具有作家独立的价值向度前提下，对一段重大历史和某个人物的生活予以多方位、跨学科考察的文学性叙述。这标志着作家从实验文体的自我纠结中走出来，从充满自恋的、复制某个阶级趣味的文字中走出来，回到伟大的尘世，用对民生疾苦的抚摸，对非中心的关注，对陌生经验的讲述，对常识的打破等方式，去表达一种文学本应具备的风骨。"一个作家应当是"锔锅匠"一般，用思想和情感铸造的锔子，修补历史的裂痕，复原人文地图。

我们读的史，大多立在纸上，依靠文字记录下的事迹。了解时代的背景，引导感知和意识进入历史，调动文学的想象，注入现代的元素，发挥出一篇文章。有的干脆寻找历史中的名人轶事，串连矫情的词语，打上"真实""非虚构"的标签。他们不肯花大力气，去做实地考察。

过去的就是记忆，人事物事深藏时间中。如果要了解一段地缘，一个区位，必须通过人的事迹，分析他们在这里生活过，奋斗过的行为，遗下的经验形成的文化。从静的时间里，解救出人的踪迹，这样才能复原历史。

张柠撰文说："不再是政治图解，或语言游戏，而是回到了伟大平庸的尘世，以表现琐碎的日常生活为己任，消解实验小说与读者之间的紧张关系。它用对民生疾苦的抚摸，对非中心的关注，对陌生经验的讲述，对常识的打破等方式，来表达了一种文学本应具有的风骨。"张柠以文学评论家的眼光，剖析非虚构写作的本质。非虚构写作不是历史的填空题，它是源自于生命的真实，不是生活的场景记录，不是游记，不是纪实体，不是报告文学，它是在新文化史、微观史、人类学、考古学、民俗学、民族志、人文地理等学科的支持下，摆脱意识形态的渗透，虚伪的宏大叙述，形成新的写作方法，还原文学的本质，脱离复制的回归。多维的骨架结构，通过文学的叙事描写，再现非虚构的文体，写出历史中的"踪迹"。

2013 年 5 月 4 日于抱书斋

他用冰琴演奏

  天气阴沉,天气预报说,晚上有一场雨降临。下午小睡,醒来后,读胡冬林的《狐狸的微笑——原始森林正在消失的它们》。这本书是写他在长白山十几年的观察记录。一个人在生命最丰富的季节,躲开尘世的诱惑,教徒般地钻在一座神秘的大山中,去接近自然,将生命融合进去。这不是行为艺术,不是为了新闻做秀,某种奖项评选,而是一种召唤,这是神性的呼唤。胡冬林说:"当人类利益与野生世界发生冲突时,我永远站在野生世界一边。"坚定的立场,山岩一般的宣言,表达作家的人生态度,精神的定向。中国的自然主义作家太少了,很多人关注自然时,更多的是掺杂功利的思想,他们是观光客,带着小资的情感,来享受一番,一朵野花,一条河水,一座野性的山,引起的只是新鲜的兴奋。回到水泥的城市中,听着流行歌曲,在电脑上敲下一行行的文字,码出一篇文章,炫耀地兜售自己廉价的情感。大自然在人的心目中是休闲的地方,是无尽的索取和破坏。

  我跟着胡冬林的文字,循着他的情感,一起追寻青羊,使我洗净尘世的杂念,这样的文字经过大自然的养育,不会被时间湮没掉。自然中不存在复制的抄袭,不是书案上做文本实验。大自然是最好的文体，有学不尽的东西，使人变得真实，消除虚假的仿制，多了爱和博大的胸怀。

学者程虹翻译的"美国自然文学经典译丛"是我喜爱的一套书。几年前读她译的约翰·巴勒斯《醒来的森林》，这几天又读她的《寻归荒野》。她在自序中说："'寻归'并不是一般意义上的走向自然，更不是回到原始自然的状态，而是去寻求自然的造化，让心灵归属于一种像群山、大地、沙漠那般沉静而拥有定力的状态。在浮躁不安的现代社会中，或许，我们能够从自然界中找回这种定力。"她的回归和寻找，和胡冬林的寻找，是生命的态度。中国的自然主义作家少得可怜，生命被功利俘虏，只能空喊口号，掩盖贫血的苍白。

我还要在《狐狸的微笑——原始森林正在消失的它们》中，行走长白山里，这是一次精神上的旅行。

胡冬林写林业观测站的日子，夜晚听窗外的声音，这是一种享受，不是任何人能体验到的。"我渐渐地养成一个习惯，晚上头一挨上枕头，便静听窗外的水声。细浪一拨接一拨地款款而来，轮番舔舐岸边的沙石，发出沙沙的低吟浅唱。我觉得这是上苍赐给我的摇篮曲，每逢听到这种水声，我都会睡上一个好觉。"我阅读时的窗外，一场雨洗净城市空气中的灰尘，沿街的商家不断地播放流行歌曲，不同的嘈音，好似一队队野蛮入侵的士兵，占领我的耳道，攻占心中的安静地。长白山区林间的恬静，对于我是敬畏的地方，变成一块圣地。阅读和现实纠缠一起，使我有了绝望。胡冬林听着窗外，"有人在轻轻地演奏一架用最纯净的冰制的冰琴"，非虚构写作的独特感受，没听过这样声音的人，不会有感受。它使人忘掉尘世的事情撕扯，心灵静下来，情感回到生命的本源里。

阅读使自己对身边的事物，有了清醒的认识，孤独中产生一个个为什么的疑问。

2013 年 5 月 30 日于抱书斋

文化到底是什么

这是我读人文地理学家唐晓峰的第二本书,唐晓峰的书是蒋蓝推荐的,从此我关注他新书的动向。

《文化地理学释义》是他大学课堂上的讲义整理出的一本书,从中我学到东西。我们对文化是大概念,对于多层次不清楚。人们每时每刻地张开嘴就谈文化,但真正懂得文化的人有几个呢?文化到底是什么呢?唐晓峰说道:"文化离不开人的思想、感情。对于单纯的客观世界,没有这个特定的文化主体,很难进行文化解释,说不出好还是坏,说不出属性,说不出价值。"他指出人在地理中的重要性,没有人的出现,地理不可能谈文化。

2012年9月,我去敦化实地考察东牟山,这座山远远地看去,再平常不过了,不是奇峰险峻,更不是旅游的符号。因为历史上,有了大柞荣建立的"震国",有了他的影迹,使山深藏不一般的意义。一块石头,一段废弃的城墙,构成的不是想象的空间,而是真实的存在。

阅读每一本书时,书中的文字,将阅读者的记忆、经历、寻找,形成特殊的空间,发生文化的化学反应。

2013年6月15日于抱书斋

于刀法中融入自身的灵魂

读李荣川先生的肖像篆刻作品,是大为快意的事情,他善于在印石的方寸之间展现一个人的形象,表现人的精神和情感。我曾经到过李荣川的工作室,看到桌案上有完成的作品,阳光照映上面,有了特殊的意义。阳光受制于天气,每天同一时辰的光线,不可能相同,温度不同,面对艺术品的感受也就不一样了。我们在阳光下相遇,彼此不需要言语,古老的石料,经过艺术家的抚摩,刀锋刻动中发生巨大变化,有了灵性,有了思想,有了鲜活的生命。

肖像篆刻印,有着独特的表现手法,注定它有自己的性格,与绘画、书法、篆刻,既有血脉的联系,又有质的区分。绘画是用吸饱墨汁的毛笔,在宣纸上创造艺术品,肖像印是采用刻刀和石材,经过艺术家的情感和思想的撞击,产生新的生命。刻刀的冰冷,注入艺术家的激情。哲学家黑格尔指出:"这种气韵生动的物质形式所表现的灵魂,因每一部分既以它的个别特殊的身份而独立存在,又通过最丰富的逐渐转变,不仅与此相邻部分,而且与整体,都有紧密的呼应。因此,所造的形象在每一点上都见出生命。"人有着世界上最复杂的情感变化,面部的神情瞬息万变,所以说,"画鬼容易,画人难",寸石上以刀锋刻出人的肖像,将思想、情感和人的形象浓缩在这么小的空间里，需要的不仅是耐心，更是对艺术家的综合能力和深厚修养的考验。西方的大师们有画肖像的传统，毕加索的肖画像。流露出画家的精神状态和所处的生存背景，不需过多的语言，读者的目光触摸画上，感受生命的体温。列宾画的列夫·托尔斯泰肖像，将大师的伟大形象留下，是一幅永恒的艺术品。凡·高画了很多的肖像，他采用夸张的手法，做了变形的描写，诠释他孤傲不合时宜的性格。

多年的生活奔波，在艺术上厚积薄发，奠定李荣川选择人物肖像印的表达方式，这不是一时的心血来潮，而是对自己艺术追求的精准定位。

刀法只是技术手段，是工匠的层面。而一个大艺术家有精湛的刀法，还要有敏锐的眼光，在线条中融入自己的灵魂。李荣川创作的齐白石肖像印，是他肖像印中的精品，每一刀中求神求气韵，传达出大师内心的精神世界。李荣川捕捉到齐白石的神韵，那丛树根茎一样的胡须，在石质材料上，刻得刚劲有力，时间在这里凝滞，只有肖像是永恒的。吴昌硕是画家、书法家、篆刻家，当李荣川为大师造像的时候，心理上产生的敬畏，迸发为创作的激情。他融合多种篆刻刀法，线条苍劲，没有多余的赘笔，凝练遒劲，如行云流水，富有金石气息。李荣川不是一味地沉在传统中，他打通现代与历史的通道，探索中使肖像印有了新的表现意义，与此同时，他创作一大批不同类型的人物肖像印。莫言是2012年诺贝尔文学奖得主，李荣川为以讲故事闻名的大作家，创作系列肖像印。这是一次篆刻家与作家的对话，莫言是当代作家，正是如日中天之时，为他治肖像印，不仅是像不像的问题，如何表现作家的精神世界是难点。其中有一方印，莫言头略后仰，一双眼睛向天空望去，他彼时彼刻内心的万般思索由此呈现，他向苍天发问，叩问人生的意义何在。

刀下的线条藏满故事，讲述人间的悲欢离合。李荣川的这个肖像印作品，和莫言大胆新奇的写作风格相似，激情澎湃的人生故事，作家想象的诡异，篆刻家写神的技艺，在这里达到了高度的统一。李荣川追求的精神的表现，情感的再现，在石材的方寸之地上，李荣川完成一次次艺术的耕作。李荣川有他诗性浪漫的一面，《春前草堂》是他为书法家卞葆彤刻的一枚闲章，李荣川回归到传统，一板一眼，师承山水画传统的古法。一条溪水，一只小船，石板小路向农家小屋延伸。茅草屋中冒出的炊烟，伴着风声吟诗的主人，院子中石碾子的响动声，融入自然的和声中，好一处世外桃源的情景，有陶渊明的"采菊东篱下，悠然见南山"之境。李荣川找到诗意地栖居，在那里自由自在，超脱世俗的羁绊，身心平静，反映出李荣川的人生境界和美学理想。

　　罗丹面对法国大教堂时说："那些创造它的艺术家把神性的光芒反射到这个世界。他们的灵魂深深地影响着我们的灵魂，伴我们成长。他们的灵魂成了我们灵魂中最优秀的部分。"石质的材料，是李荣川创造自己精神教堂的基石，他刻画的人物，是灵魂中不能割舍的一部分。在漫长的艺术创作中，形成自己独特的建筑风格，是李荣川的向往和追求。

2013 年 5 月 23 日于抱书斋

用情于创作"心画"

十几年前,初识苏章田,他还是一名军人。我们相见时,他送我一幅字,字里行间透出青春的英气,写的是什么内容记不清了。他的字和年轻的生命一样,稚嫩中漫出青涩的激情,少了世间的沧桑感。

欣赏苏章田的书法,更觉其沉郁之气。读他给友人题写的"雪味斋",可谓心境的流露。笔墨在空间相互映带,韵味在流动的线条中回荡,每一笔不是轻易下手,而是注入丰富的情感,表达高贵、清淡、真诚和温暖。一个雪字,少了尘世烦恼的纠结,超脱后在天空自由飞舞。汉代杨雄说:"言,心声也;书,心画也。声画形君子见小人矣。"书法是人的精神品质的反映,并非信手涂写,纸、笔和墨是有生命的东西,它们选择书写者,书写者使用它们,酿成新的激情,创造鲜活的作品。杨雄将书法称作"心画",这一个心字,表现字的背面的精神含量和品德修养。"雪味斋"这三个字书写在宣纸上,如同三座山峰,一脉相连,又独立成峰。通过这几个字,可以读出书法家苏章田的心境,字不能用漂亮两个字词解读,这只是浅层的讨人喜欢。品中回味,人的性格和创作心理,打开另一扇门,看到的会是不一样的景象。"龙马精神"有了金石的韵味,古拙而苍老，宣纸上不仅体现书品，也有了人品的张扬。书法是载体，更多的是人内心情感的流露，面对古老的宣纸，当笔墨接触的一瞬间，人心静下来，不能有一丝矫情的存在。以真诚的态度敬畏之心，去书写每一笔。书法不但是造型的艺术，书的是学养和人生经历，来不得半点虚假。

"纸窗竹屋深自暖，石炉茶鼎暂来同"，在竹屋中饮茶，听窗外的风声，竹林的响动，人与自然，自然与人融合在一起，对联中藏满文人骚客的雅趣，也流露出人生的境界和向往。苏章田选择行书，笔墨在宣纸上行走，节奏鲜明，一气呵成，没有半点停顿，表现书写者对书法的深刻理解，在书写时沉在诗情画意里。苏章田的书法，融入现代的因素，字有了微妙的变化，这不仅是技法的化学反应，更是本质中渗出的异变。

苏章田是杂家，不是杂乱无章，而是容纳多方面的意义。他涉猎多种类的创作手法，他写的散文，清淡多阴柔，这和多年在南方当兵有关。他的书法风格多样，不囿于一家门下，漫长的修炼和研习中，他形成自己的风格。著名画家熊秉明指出："书法是心灵的直接表现，即是个人的，又是集体的；既是意识的，又是潜意识的。通过书法研究中国文化精神是很自然的事情。"书法生长在传统文化的土壤上，掰开每一个字的核，流淌出强大能量的古老文化的血液。

唐代画家、绘画理论家张彦远，在论画六法中指出："若气韵不周，空陈形似，笔力未遒，空善赋彩，谓非妙也。"书法和绘画不同，绘画可以去大自然中写生，画山画水，有一座小亭子，一间茅草房，烟囱中冒出炊烟，多人间的烟火味。书法却不然，除了扎实的基本功外，面对一个字，一首诗词，要参悟出情和心境，捕捉思想的意义，线条中传达精神的气韵。

书法不仅是艺术品，它的根茎扎根在传统文化的土壤中。写好一个字容易，经过千百次的临摹，会写得像模像样。字背后的文化背景，不是一两天所能理解和领悟的。我们看一幅书法时，研读字的间架结构，笔法的走势，章法布局，玩味笔墨和纸创造的情致。欣赏书法的美，也在品味人。我去过苏章田的书法工作室，看到他书法创作的过程，饱蘸墨汁的笔，在他的手中变得有了神灵，有了创作的渴望。书法不是人人可以创作，它是心灵的召唤，对书法的迷醉，在多年拓展的精神背景下，苏章田写出自己的风格，它与别人不同，是模仿不了的。

2013年5月11日于抱书斋

叙写生命的形式

石碾子"吱嘎吱嘎"的响起,古老的声音,将我带到久远的日子,听它叙述时间深处的故事。鲁北平原几天来阴云蔽日,人的情绪和着老曲调走向远方。读冀新芳的散文,多了一份真诚,多了一份苍凉,作家的文字地图,带我进入她家乡的土地。

冀新芳是原生的创作者,不事华丽的修饰,很多的文字讲述家乡的碾坊、场院、乡路、农具、饲养处,这些物事和大地紧密相连。作家生长于乡村,血脉中流淌的泥土基因,不会因为她后来走进城市而消失掉。这种遗传的因素,是她生命中最珍贵的东西。她笔下的文字,具有强烈的地方色彩,浓厚的乡土意味,少了浮躁的欲望。

一个中年女性,对世界的看法发生着变化,所有青年时期的浪漫和天真消失,回归于生活的本真。她本质上的改变,加深对记忆的寻找,这是一种动力。家乡的土地,童年时代的快乐,在回味和想象中组成幸福的河流,冲撞苦闷的心灵。一颗寂寞的心得到安慰,也给人一缕希望和奔头。女作家的回忆,在她的笔下表现露珠般的质朴,她说:"到了秋天,场院上堆满了刚刚收获的玉米、谷子、高粱、大豆等庄稼垛。我经常跟随母亲来到场院剥玉米、掐谷穗。坐着小板凳,抱一捆谷子放在脚下,左手抓着谷秆,沉甸甸的谷穗纷纷垂下了头，右手握一把锋利的镰刀，猛一挥手，谷穗随即落地。场院里轧过大豆之后，第二天一大早，在秋夜浓重的露水浸润下，少量陷进地里的豆粒变得鼓涨，从地里'蹦'了出来，我一个个捡起来装进口袋里带回家。"纷垂的谷穗，漫溢收获的画面，没有多余的赘言，将收获季节的心情表现出来，尤其是孩子和麦子之间的情感，不是赏玩的心态。麦粒不仅是维持生命的食粮，更是生命中潜伏的种子，它会创造明天。父亲是孩子成长的导师，他将自己的自然渊源全部传授给孩子，随着对世界的认知和独立，父亲的角色在孩子的心中日益重要。

父亲生活中的细节，透出很多的东西。父亲的多眠症，却引出一段人与事的故事。"父亲十八岁那年曾经受过一次刻骨铭心的惊吓。那时候，他替爷爷看守饲养处。饲养处喂养着生产队的马、骡子、驴和牛等牲口，存放着马车、耤子、耧、耙等生产工具。那天刚下过一场大雪，大地、房屋都披上了一层厚厚的银装，仿佛童话里的世界。半夜，父亲被阵阵的狗叫声惊醒，忙起床查看。借着白雪映衬的微光，突然看见有个一米多高的粗壮的怪物正向牲口棚走去，它浑身上下长满了浓密的黑毛，如同神秘的幽灵从天而降。父亲大惊，本能地大喝一声，怪物闻声而逃，一转眼消失了踪影。父亲吓得浑身发抖，冷汗淋漓，再也不敢合眼了。听老人们说，这种怪物叫貔子，长得像黑熊。"就这么一件小事情，弥漫强大的民间色彩。

根植于大地的作家，不会受时代的浮躁影响，必将突破肤浅的芜杂，沉醉自己的艺术天地之中。她沿着生命指引的道路前行，不可能玩时尚的"新玩意"。骨子里流淌的血脉，不可能妥协，它缘于民间、连接大地的土壤，根须深扎它的深处。林贤治说："作家必须真诚。由于真诚，散文写作甚至可以放弃任何附设的形式，而倚仗天然的质朴。对于散文，表达的内容永远比方式重要，它更靠近表达本身。"林贤治道出写作的真谛，作家是孤独的写作者，如同大地上的一棵树，根植于土地里，身边没有任何附设的支撑。它不需要华丽的表演，娇媚的作态，只要真实、诚挚地献出自己的情感。这种生命本身的形式，高于一切人工创造的方式。

编辑报纸副刊这么多年，不断读到冀新芳的新作品，她的文字不是波动很大，而是缓慢地上升。她的文字讲究，很少有花里胡哨的修饰，形容词的滥情使用。冀新芳是生活的实践者，也是写作者，她在琐事中发现不平常的事情。这是她的第一本书，倾诉中表述出相信和希望。她翻动生命这本大书，品味中写出更大的作品。

读冀新芳的散文，被她浓重的乡土气息吸引，这是她散文中的骨骼，支撑起文字的天空。她创作的明天，一定会绽放出更加灿烂的光芒。

2012年12月20日于抱书斋

奔走的焦虑

一

文字是有生命的,它经过作家生命的孵化,发生激烈地撞击,当它们在纸上出现的时候,创造了新的生命。

文学不是寄生虫,依靠别人的施舍,跟随在别人的后面。

作家应该吸纳不同的思想光电,在自己的天空放电,形成厚重的雷雨云。大量的思想光电,亢奋地狂奔,纠缠不清,终于在一个夜晚,蕴积的雨云产生裂变,一声石破惊天的响雷,划开沉闷的天空,文字的雨,挟着情感的风,在纸的大地上降临。

文字和绘画的材料一样,各种字和词在作家的调度下,经过情感的酝酿,挥发出特殊的文字。

纸的画布上,精神的笔蘸着文字的颜料,写下第一画的时候,作家的生命融化在上面。好的文字,不是形容词的堆积,名词和动词是骨胳,它准确、朴实、真诚,没有染上流行的色彩。文字是有道德感的,写作者不能丧失底线,要不断地发起整风运动,肃清行文中多余的东西,还文字以纯净。

二

我要用纯粹的文字去表现自己，不会因为篇幅的长短，去虚假地充添。文字不是游戏，设计一个个惊险的程序，刺激人们的神经，消耗精力和时间。文字的秘语，需要生命的解读。

纯净和真诚，是弥漫在纸上的最基本色调，它决定作家创作的走向。今天的文字丢失太多本质的东西，更多的是受流行的污染。

每天成吨的文字垃圾，在网上、报刊堆积，有几个真正的清洁工，挥动手中的精神铁锹，猛烈地铲出这些散毒的垃圾，把它们投进精神的炉火中。谩骂、抄袭在今天是最时髦的，窃取别人的文字，像是胸前佩戴红花的劳模，到处可以演讲、出书、发表作品。捧和杀是它们手中的狼牙棒，可以无羞耻地挥舞。

这是一个可悲的时代，精神流亡，到处被追杀。有些人拉起杆子，竖起一面小旗，封地设坛。流派不是拉帮结伙形成的，不是靠互相吹捧建立起来的。它是心灵和心灵的贴近，精神融化在一起。

真正的作家，必须像堂吉诃德一样，手持长矛，向时代挑战。他不会屈服庸俗文化送给他的披风，宁可裸露膀子。

我越来越喜欢画家和诗人的文字，他们的文字充满湿润的诗性和想象。对艺术的独特感受，有科学的准确、情感的丰富和宗教的虔诚，这是当代作家所缺少的。

三

诗歌不是卫生间，什么人都可以来这里发泄。诗歌是文学殿堂中一颗耀眼的明珠，诗歌的每一个字，充满鲜活、生动、高贵。一首诗的诞生，应该像是从鞘中抽出的剑，剑锋上滚动冰冷的寒光，逼人的浪漫。诗歌绝不是下三烂的东西，不是从人体排泄出的脏物。

很多诗人的写作，缺少个性，他们的作品是截图、组合似的写作，丧失原创的能量。在他们的诗歌中看不到涌动的生命情怀，听不到时代的呐喊，没有奔走的焦虑。诗人不愤怒了，反抗的激情，在世俗的生活中耗尽，丧失名命的能力。像是到了更年期的老人，只能发出病态的牢骚和臆想。

作家不该复制有头有尾的故事，记下时间、地点、人物。文字是活的，经过作家体温的抚摩，召唤出深处的记忆。作家不能凭借生活的表面写作，而是要心灵的潮水慢慢地涨满，让它倾泄出来，淹没一切，重新恢复，创造家园。

四

我现在对书越来越挑剔，不会轻易地去翻阅一本书了。我对书的选择，是对精神背景的守护，防止污染最后一块圣地。我喜欢传记，真实的传记，而不是赶时髦，立碑建传所策划的商业传记。在阅读中随大师们走过一生，学到很多的东西。一个大师在时代中的表现，每一处细节，每一句话都是那么充满魅力，他们对人，对事件，对自己的艺术追求是真实的，没有一点矫揉造作。

阅读大师的书，不是看他们的成绩有多大，而是人生的态度，和独特的艺术个性。文学作品不是工业生产的流水线，把材料送进去，经过严格的、统一的工序，削磨棱角，变成模样一致的产品，贴上合格的标签。

作家要有忏悔之心，对自己做过的事情，要有道德的评价。这样良心才能保持高度的纯洁，作品才能变得辽阔、广大。写作者不能只读文学作品，要拓宽阅读的视野，心理学、伦理学、哲学和绘画的书。通过知识的积累，把自己磨炼得更加敏锐，对事物和人的看法不是形式的了，而是切入内核。

五

文字不仅仅是摹仿生活中的物与事，更多的是要观察细腻的人的神情，和对事物的独特发现。每一个文字，饱涨写作者浓烈的情感。

每天思想最活跃的时候，是在上下班的路上。那时我的想象如同鸟儿，在喧闹的街道上飞翔。我跟随着它，跑出很远的地方，我们沿着回忆的路，采摘很多花朵。

夜晚是阅读的时候，我讨厌一切书房外的活动。书房是孤独的岛屿，是壮美的山野。我不想被任何人打扰，只想坐在藤椅中，背略略斜在椅背上，借助黑暗中的一盏灯光，静静地读一本书。我在文字的森林中穿行，呼吸精神的空气，听大师们讲述遥远的故事，我就是在这样的环境中，一年年地生活。

散文是心灵的敞开，让生命的情感奔流而出，而不是当下的散文对生活的模仿。小情调，小忧伤，缺少灵魂的躁动。贫血的写作者，只能写出水肿的美丽。

六

写作是用文字记录自己的声音，和对世界的看法。当白纸上留下一个个真实的、激情的文字，它是留给未来的，而不是过眼云烟，过去了，就永远地消失了。

写作者不能囿于自己的狭小天地，要"扎进"生活中，长成一株大树。根须钻进生活的大地，吮吸丰富的营养。

我对写作工具的要求近于苛刻,不会轻易地破坏规矩。读书时我喜欢绿色图案的铅笔,握在手上,在热爱的文字下,画出一条重读线,我的情感通过铅笔和书中的文字融化在一起。

写作的时候,我选择 0.7 的黑颜色中性笔。黑色是凝重的色彩,简单而意韵深沉,庄重而不轻飘。

七

罗兰·巴尔特说:"实际上,只有童年才有故乡。"他的话撞开了我记忆的大门。敞开的窗子扑进潮潮的热气,今年我很少打开空调,我在网上接收朋友从故乡发来的照片。那是山野之花,土豆花、地瓜花、野百合,还有清晨雾蒙蒙的小镇,一缕炊烟缓慢地缭绕。罗兰·巴尔特对故乡有自己的看法,我想说:"童年的故乡是一朵向日葵,漂泊的人儿是疾飞的蜜蜂,飞到那盘花蕊上采撷。

一场细雨,淋湿酷暑中灼热的线条,湿气卷了进来,冲击干燥的空气。我穿行在书中的巴黎,跟随毕加索进出酒馆、餐厅、画室和旧街,那个时期毕加索在画布上刮起一阵蓝色的风暴。

读书不是追求数量,快餐似的吞吃。读书是用精神排出体内的浮躁、媚俗的毒素,滋养心灵。读书不是做面膜,保护脸面。

写作不是机器,流水线产出产品,然后以快捷的方式,推向市场出售。创作是生命的爆发,一瞬间,倾泻出激情的活力,用尽全部的情感,去大哭,大唱,大笑,绝不是像劣质的电视剧中的演员,在卖弄技巧。

八

我和蒋蓝在一次对话中,他说:"我们身边不是没有好书,而是人们没有深读的耐心,他们至多需要来一点'心灵鸡汤'。一个人要像铁锚一样慢下来读书,'比缓慢更缓慢',似乎就有被时代之船抛弃的危险。"我喜欢这句话,他说出了道理,读书要有选择,选择一本书,作家的作品,不但影响创作,会影响人的一生。读什么书,这是极苛刻的。读书严谨的人,在写作上也会有自己独特的东西,不可能和别人一样。读书不是时装秀,跟风似的追求时代的潮流。读书需要心静,在一处僻静的地方,让情感缓慢下来。流成一条溪水,泅进文字中去,像蒋蓝的铁锚,抓住精神的土地。阅读的目光,跋涉在古典的恬静中,寻找历史的真实和痕迹。浮躁和虚假被抛进记忆的垃圾箱中,运送到处理厂。我们不要随便丢失自己的精神和情感,让它们白白地耗费掉。读书是一场战斗,决不能有一点宽容。

九

当代的作家不是对自己的作品倾注大量的心血,多的是浮光掠影的写作。写作变成功利的机器,不断地开足马力生产。文学失去丰富的创造力,是机械地产出,一批批地贴上格合的标签,推向社会。这样的作品看不到生命的鲜活,文字中缺少躁动的激情,这个作品不可能是永远的,只是如云烟过眼。

作品的完成,就像画家作完一幅画,不要急于装进画框中,挂到墙上向人们炫耀。更有人把墨迹未干的稿子,匆忙地发向报刊,贴到论坛上。修改稿子是艰苦的劳动,不仅需要耐力和大量的时间,改稿子还是作家水平的真正体现。文章是润色出来的,一篇文章不经过千锤百炼，不可能成为经典。文章的完成，只不过是框架的构成，修饰和装补，需要漫长的"修"和"润"，将充足的情感注入到文字中，它才能有鲜活的能量。

       2010 年 12 月 26 日于抱书斋

扛着淬过思想之火的笔

一

我常去"三联书店",学院的同学也逛这个书店。大多数的人是奔租书架,去租畅销的书,很少有人走到名著的架子前,抚摸一下影响过一代代人的作品,像托尔斯泰、雨果、鲁迅、屠格涅夫、陀斯妥耶夫斯基等大师的作品。

每次读鲁迅的作品,情潮起伏,沉浸在每一句话中。合上书,有强烈的冲动,想再回到书中,因为那是巨大的力量。

这样的书不会消失。

要学会阅读,甄别好书与坏书是底线的标准。

现代人喜欢流行作品,在物质泛滥的时代,人们对精神的追求更少了,没有寄托,就找娱乐消磨时光。十几亿人,沉浸在娱乐之中就可怕了。五年、十年、二十年以后,我们给后代留下什么?

一个人从少年步入青年,踏进大学的校门,离开父母的身边,投入到另一个大家庭。这里有专业老师讲授知识,有藏书丰富的图书馆,安静的教学楼,有这么好的条件,没有权力不读书。古典时代的书,大师们的书,埋着无尽的宝藏等待去发现,去开掘。这样的书滋养人，使人变得强大。

  人必须和书结下缘分，在人生路上有书相伴，不会孤独和无奈。青年人仿佛早晨的太阳，对未来充满憧憬，必须建筑广大的精神背景。年轻时无忧无虑，对人生没有深刻的体验。多少年后，人到中年吃过苦，重新回头认识，明白了道理，可惜青春一去不复返了。

  星期天逛"三联书店"，在一堆堆时尚的书中，很难找到阅读的书，最后在角落里看到了新版的海子诗集。

  我有一本黑皮的海子诗集，是1991年海子去世一周年，为了纪念他和骆一禾，朋友们筹资为他们出的合集。这是我第一次接触海子，我通过文友找到周俊的地址，从南京邮购这本诗集。十几年过去了，诗集我还保存得很好，无一点折痕，书中有阅读用铅笔画下的杠杠，书签上写有日期。"秦淮河畔一场泪雨之中"，现在读起来，如同一场狂风骤雨的降临，压得人透不过气来。诗集印刷粗糙，封面是一双手，托起一块巨石，云中有一只孤独的手，指向辽远的天空。这个画面，我想海子是不会喜欢的，也不是他的精神。海子不是肤浅的写作，他是为了"亚洲铜""五月的麦子""给母亲""祖国"。阿尔的黄太阳是海子的向往，阳光下的向日葵，放射着灼眼的黄色的光芒。这束光引领海子，兴高采烈地奔跑，渴望生出翅膀，在天空中飞翔。新版诗集的封面，诠释海子的内心世界，土黄的底色是无边的大地，中间一条墨绿色的条状，是一条伸向远方的路。海子一张笑得灿烂的脸，扛着淬过精神之火的笔，行走在田间的路上。侧边的一条条线，犹如一垅垅麦地，播下了诗的种粒。

  这么多年过去了，文坛上出现了"80后""90后""上半身"写作、"下半身"写作，各种"品牌"打上时尚的标签，口战、笔战，轮番热炒。"大家"换了一茬茬，印刷垃圾被抛进纸浆池，经过工艺再造新纸。新纸再送回印刷厂，装在高速运转的机器上，一册册新书印出来。循环的流动，掩盖历史的痕迹。海子并未因时间而湮埋掉，1991年初版的诗集，印数3000册，新版5000册。在"价值迷乱"的时代，数字是最好的证明。他的诗像丰富的河流，冲积成一大片平原，一年年收获麦子。现在有人把海子压制成砖瓦，用他的血肉搅拌成灰泥，建起时尚的茶馆。走进的人，胸佩"著名"的名牌，像运动员进场检阅，举着代表队的牌子，"著名""大师"就是手中的名片，它和百姓家中的大白菜一样便宜。他们打着言论自由的大旗，民间的大旗，在这里谩骂，互相攻讦。"深沉状"的朗诵，"激昂状"的演说，"神经质"的狂舞，"大家状"的沉思，一番的闹腾，茶馆里大集市一样热闹。当他们从这里走出去的时候，身上披满鱼鳞似的光环，一瞬间变成大师，手持丈八蛇矛，横扫遍地。把自己的文字撕成传单在街上散发，文学失去本质的意义。英国作家劳伦斯指出："今天，是手淫意识的时代，思想出卖敏感的反映强烈的身体，仅仅强迫它做出反应。手淫意识产生了各种各样的新奇，它们的兴奋持续了片刻，然后就变得死寂。它不能带来真正新鲜的表达。"

　　海子不是去疯狂地追名逐利，他用生命祭献大地。海子的村庄，长满参天的大树，大地卷涌着麦子。流行的风，犹如农药一般播撒，消灭一切缺少精神滋养的根脉。毒害凝滞的风，只在海子栽种的大树和麦梢掠过。经受住俗风媚雨的吹打，拂去尘世的灰尘，诗集封面的他仍然笑得单纯、朴实。海子热爱土地，热爱母亲，他的诗犹如收获的麦子，诗中的每个字，像圆润的麦粒散发麦香，摸上去有温暖的感觉。

二

　　报刊发表大量的垃圾作品，它们潮水一般铺天盖地，气势汹汹地扑来。在高度的商业社会，对苦难和真诚的消解，他们包装、炒作自己，追求商业效果。人丧失个性，害怕孤独地融入流行文化之中，人的思想沙漠化，精神的绿洲一天天减少，脆弱不堪一击。人已经没有退路了，逃也逃不掉，它像渔网罩住你，落在网中的鱼是无力反抗的。惠特曼说："伟大的诗人是整个人类中最稳定而公平的人。事物不是在他身上而是离开他时才会变得怪诞、偏执或神志不清。"中华民族是诗性的民族，随着社会的发展，民族的造血功能不好，所以到了今天"前不见古人，后不见来者"，出现文学的断裂，分不清文学的是与非。作家一味翻改、粘贴，在学搬运工的技术，追在别人的屁股后，偷来一些皮毛的东西。

三

文学是一生的，还有什么比这更迷人？

作家没有明确的立场，分不出好坏书，又怎能把握住写作的方向，摸准时代的脉搏？又怎知自己将要达到什么目标，攀登什么样的高峰？

质朴在文学中最坚强，能抵抗一切污浊的浅薄，它出污泥而不染。我们用质朴的语言去描绘和怀念，抵抗一副"奶油"腔的语言。花里胡哨的形容词越多，修饰得越华丽，好像文章越是好的。这些文章不仅年轻人写，成年人也在写，他们经历过人生的苦难，不去写体验过的艰难困苦，感叹流逝的光阴。写得那么甜美，那么柔情，似乎人世间一派歌舞升平，前方的道路平坦、笔直，铺满一地的鲜花。

我接触过的年轻文友中，有的从小生长在乡村，和他们聊起文学，我有一种焦虑感。他们对自己熟悉的生活认为不够美，不够现代，厌弃淳朴的土地。总是写城市的咖啡馆、酒吧、蹦迪、霓虹灯、林荫路、网络聊天，想尽办法冲进城市里。扔掉染着故乡泥土的圆口布鞋，换上廉价的皮鞋，套上西装心中便有了安慰。好像得到城镇户口簿，一夜之间身价倍增，腰杆挺直了。他们表现的不是真实的情感，生命的原色，文学还有何意义？他们生命中流淌的是古老的歌声，曲折的乡间土路，村头飘起的炊烟，田野上传来牛的叫声和狗的狂吠。暮色降临，田野一片宁静，风驱散白昼的热气。他们的父亲或母亲、兄弟姐妹、乡邻扛着铁锹从大地归来。身上的泥土气息，清新而亲切。那是要表达的东西，并不是远离的事情。

文学是倾诉，将心灵中的大悲大喜讲述出来。有的人觉得生在大地，长在大地，不如长在柏油路，生在水泥楼里的人有优越感。一谈到乡村，说到荒僻的出生地，漫无边际的棒子地和朴实的乡邻，他们的声音就颤抖变了味道。

文学应该歌颂大地，歌颂大自然，表达人性的本质。真正的作家是寂寞的，有责任感，有道德感，时刻关注时代的命运。

2009年10月6日于抱书斋

自然是画家的灵魂

读一幅画，仿佛品一杯清茶，独酌樽中酒。清淡中寻找一方宁静，在酒的热烈里积起情绪。这两种融合的情感，使人进入全新的境界中。

每一次走进嘉合艺术馆，看到殷立宏的四条屏《梨园雅集图》，总是让我想到陶渊明的诗句："万物各有托，孤云独无依。"这种"孤云"不是常人体会到的，也不是都能读懂读透的，这是精神上的拱顶。殷立宏的画中，体现古人所倡导的"天人合一"，显现人生态度，这是他画中要表达的思想。

生于60年代的殷立宏，性情真挚，传统文化功底深厚，色彩和线条俱融。多年的生活磨砺，不但没有打磨掉他的棱角，他的性格反而愈来愈鲜明，彰明人生的写照。在科学技术发达的今天，殷立宏还在坚守"认真的情感""独特的情格""自然的情怀""精神的自由"，保存着人与自然的和谐相处，这不是任何人都可以做到的。

阳春四月，在阳信的大地上，空气中弥漫梨花的香味。这样的日子里，殷立宏来到了历史悠久的阳信鸭梨园。传说中天上的七仙女，经常下凡到此一游，这里曾经有美丽的清波湖。有一天，仙女们偷摘了王母娘娘的仙梨，将它们带到清波湖，游玩中把仙梨核丢在了湖边。几年过去后,湖边长出挂满果实的仙梨树。等到有一天,七仙女再度来这里时,看到根深叶茂的仙梨树,结着一枝枝果实,她们既高兴又害怕,此事一旦被王母娘娘发现,后果是不敢想象的,她们必定遭受处罚。正当她们不知该如何应对时,一群鸭子从远处的湖心游来,她们突生念头,将仙梨颈部变成鸭头的形状,这样就看不出它是天上的贡物了。传说是人们对生活的美好愿望,它引来文人骚客的雅兴,赋诗做文章。殷立宏并不是带着什么想法,去梨花园游玩。当他走进梨花的世界里,坐在梨树下,白色的梨花,富有层次的诗韵,他的创作生出了萌芽的冲动。白居易诗中的:"梨花有思缘和叶,一树江头恼杀君。最似孀闺少年妇,白妆素袖碧纱裙。"古典和现代的情感,走进画家的心灵中。

殷立宏是近几年在画坛上攀升的中青年画家,他并不是狭义上的艺术家,他也是社会中的一个个体。在这纷杂的时代,画家寻找精神上的家园。石涛说:"作书作画,是论先辈后学,皆以气胜。得之者精神灿烂,出之纸上,意懒则浅薄无神,不成书画。"石涛所说的"皆以气胜"殷立宏在宣纸上很好地体现了。一株粗壮、遒劲的梨树,横空的枝上,结满白色的花朵,在春风中漫出诱人的香味。天高地阔的自然中,所有的杂念都消失了,梨林茂叶,和友人坐在树下赏花。梨花绽放,人与梨树,人和自然交融一起,构成天地之间的大画。盘地而坐,两人推杯换盏,饮之再赋诗,此番情趣,这才是真性情。古人下围棋称为"手谈",蕴含中华文化的底蕴。这不仅是因为下棋时,不需要语言的表达,仅通过中指、食指的捏拿,移动黑白的圆子,在方棋盘上,演变人的命运和勇气。下棋的节奏,布棋子时的力量大小,都能体验棋者的心境。一位文人骚客对着仙鹤,吹一支意境深远的乐曲。殷立宏画的箫变形了,长长的竹管,传达出画家的心思。当竹管贴在嘴上时,淤积身体中的情,找到宣泄的地方,带着体温的气息,吹进箫口的一瞬间,奏出轻巧的波音,箫声绵绵，流畅抒情。箫是古老的乐器，适于吹奏悠长、恬静、抒情的曲调，表达幽静、典雅的情感。古老的传说、梨花的香味和画家的情感融化在一起，变成一根根线条跃然纸上。巨大的空白，显现时间的变化，但人与自然的情感，人世间的爱情不会改变。殷立宏在特定的画境中，通过四条屏的画幅，表现出画家的精神品质和对艺术的追求。藏愚守拙的日子，远离尘世的侵扰，放旷于自然之间，树木交荫，梨花的簇拥中诗人举起手中的杯，邀请友人一同赏花作诗，对酒当歌。这些诗中潜藏更多的情怀，这些爱不是小爱，而是一种大爱。

　　殷立宏的画，给人送来一缕情丝。一个人可能很多次地走进梨花盛开的季节，但是面对一树梨花，除了"美"字，看不到梨花背后的东西。殷立宏用画家的眼睛不仅发现，而且有深刻的感悟和思索。殷立宏的作品是嘉合艺术馆的馆藏名品之一，他是中国美术家协会会员，北京书画艺术院副院长，多次在国内举办了个人画展，并有国内外多家馆藏品。殷立宏的作品努力地通过线条和水墨，传达出心灵的世界，构图无所拘泥，坚持和继承传统，但又敢于突破前辈的章法，表达自己对艺术的追求。

　　读这幅画作，不光是美的享受，而且体验到生命的本质。笔有情，墨有感，当它们融为一体，接触纸的瞬间，画家心灵中积储的情感，带着生命的温度发生变化，奔涌的激情，创造出理想中的形象。

　　蒙德里安说："艺术必须超越现实，必须超越人性，否则，它对人毫无价值。对物质利益者来说，这种超经验的品质是含糊和虚幻的，但对于超凡脱俗者而言，它确实是明确而清晰的。"一个画家要敢于不断地探索，创作出一片新的天地，让宣纸上涌动活力和激情。如果复制自己，这样创作力萎缩，作品也会流于俗不可耐了。当灵魂和自然捣兑一起，这样创作出来的作品，既有古典的，又有现代的，既有个性，又有真实，既有情感，又有诗意，这样的画作，它是恒久的，不会为时间所丢弃。

殷立宏的画笔描绘树木、梨花、白色、天空，这是大自然的本质，不是幻想中臆造出来的。殷立宏关于绘画一文中说："一个有学问、有修养的画家只有解读自然、解读古人、解读自我，才能悟出更多的真谛。"

殷立宏的归真与返璞，让他进入美学的境界。艺术作品拥有了美学的意义，它就变得大了，有了分量，就不是过眼的云烟，泛泛之作了。

2012 年 8 月 6 日于抱书斋

冬日读《清泉》

12月13日，收到阿泉寄来的两期新的《清泉》，报纸的题头由红色改变成绿色，感到这种色泽更好，绿是生命的标志，是健康、自由的象征。

读了几期的《清泉》，对这张民报有了感情。在此之前，我读了友人赠送的民间诗刊，在这些刊物上，我结识了好多的朋友，更重要的是我读到了精神。《清泉》是我读的第一张民办的读书报。《清泉》是草原上的一匹烈马，少了人间烟火味，这样读起来，人的心灵自由自在。在《清泉》这块绿荫地，我重新认识了书，了解了老一辈文友之间交往的趣事和深厚的情谊，也看到了远方朋友的文章。

苦难是文学的母亲，不经过熬磨的人，不可能写出动人的作品。那些朴素的文字，艺术家和艺术家的心灵对话，带给人久盼的感动，在矫情的、炒作的时尚文字一统天下的今天，听被人遗忘的声音。

写作不是消磨时间，练熟技巧可以解决了。时间久了，技术娴熟，只是花架子而已。写作是关于生命，关于灵魂的问题，任何技巧的操作，媚俗的表演，对质朴的写作者来说，触摸不到他的兴奋点。

现在的文坛鱼目混珠，不是论剑，就是论骂，实在不行就论脱。

夜晚睡觉都不得安宁,不知清晨睁开眼睛,又有谁拉起山头"轰动文坛"。小人是不怕琐碎的麻烦,而真正的、纯粹的人,远离热闹的地方,做自己的事情。《清泉》的办报方针值得称赞,"朴素、纯净、大气、隽永"。文学像一片森林,我们要保护和精心地栽培,不能肆虐地采伐,无休无止地破坏。不能让庸俗的污水,渗透这片精神的净土。森林的守护者,不能为了利益,使自己变得龌龊,丧失人格。

　　《清泉》诞生在大草原的民报,她有鲜活的源头,更有激情。绿版的《清泉》像春天的野草,一点点,染成生机勃勃的草地。

2003 年 12 月 14 日于抱书斋

用散文抒写萧红

高维生的新著《悲情萧红》是中国第一部以散文形式写成的萧红传记。作者在自序中有一番自道："我从写作者的角度，以散文化来描述她，去感受萧红生命的过程，而不是按编年史的方法排列她一生的历程。在萧红作品研究汗牛充栋的当下，我是以个人的阅读来解读，回归文学叙述本身。萧红作品中人物闪现的东西，每一段文字的描写，意象里流淌的苦难的基因，都是我所关注的。"作者仿佛穿越时空与萧红对话，将自己的真挚感情融会到文字中。日前，记者就这部作品，与广大读者分享了高维生的创作心得。

以散文的形式写一部传记

记者：《悲情萧红》是首部"以散文的形式写成的萧红传记"，在这里，应该如何理解"散文的形式"？

高维生：巴尔扎克说过一句话："一切皆是形式，生命本身亦是形式。"巴尔扎克的话中说出一个大的课题，生命就是形式。一个作家的情感是多元而复杂的，他对这个世界有独特的理解和看法，所以当他选择文体的时候，自然是在文体的形式中表现个性。在文学史上，萧红被冠以小说家的称号，小说家就要讲故事，而萧红的《生死场》《呼兰河传》在故事方面却是弱项，没有情节的跌宕起伏，也不靠悬念吸人眼球。朴白的叙述中，萧红将人生的苦难和一个时代的风情，在散文的语言中呈现出来。

一段时间以来，散文摄取太多的"意识形态"的政治养分，更多的是在抒发宏大的集体情感。我喜欢萧红的文字，由于我们又都是东北人，为她写一点东西，是我多年的愿望。

记者：这种传记的方式前所未有，是如何形成的？

高维生：《悲情萧红》并不是按时间顺序来写，我有意打破常规的写作模式，在这本书中，不可能找到年谱式的线性叙事。我要写我感兴趣的核心问题，《悲情萧红》采用散文的结构方式，这也决定了写作的风格。在这样的形式下，更多的是剖析萧红的心灵世界，她的女性情感所支撑的行为，构成一生的命运。这本传记是综合的文体，集欣赏、传记、随笔、散文的多维组合于一体，形成一部不同于传统的传记。著名作家祝勇在给本书写的推荐语中说道："不知从什么时候开始，维生开始专注于旧日文人的精神世界，写了沈从文，又写萧红。描述他们的经历容易，但要深入他们的内心却很难。维生以一个作家的心感知萧红，也唯有如此，才能真正实现隔时空的对话。这是一本值得阅读的书，不仅因它囊括了散文、传记和评论的跨文体写作，更因它对生命与艺术本质的深刻追问与思考。"

祝勇的眼光独到，他说出这部书的本质，和我要表达的东西。

萧红是一个永远受争议的人

记者：萧红是一个怎样的作家，历来争议不断，时至今日，应该对萧红的作品做如何评价？

高维生：不论是现在，还是在将来，萧红是一个永远受争议的人。很多的人不是为她的苦难经历而扼腕叹息，而是对她的多难的情感感兴趣。这其中带着一丝阴险的"窥视癖",不怀好意。萧红争取人生的自由,过早地离开家庭和生养自己的故乡。在萧红短暂的生命中,她为了生存四处苦苦奔走,尝尽人间冷暖。

那些所谓的道德家们,戴着有色的眼镜去读萧红,能读得懂么?心理学家维克多·弗兰克指出:"人一旦发觉受苦即是他的命运,就不能不把受苦当作他的使命——他独特而孤单的使命。他必须认清:即使身在痛苦中,他也是宇宙间孤单而独特的一个人。"萧红的作品,是大地上的一座山峰,她永远不会消失,她经得起淘洗,时间是最好的证人。

记者:萧红颠沛流离的悲剧命运,如果简单归罪于时代背景和性格行为,显然不妥,以一己之躯面对整个时代,她的得与失,同样巨大——她得到的别人未曾得到,她失去的别人亦未曾失去,如何看待这种对立关系?

高维生:人的生命历程,不是孤立存在的,它离不开时代背景,离不开家庭,也离不开自己的个性,人是由这些系统组成。我写到萧红偷吃了"禁果",打破自己与家庭的原始纽带,以及抗婚和违背父命,这无疑是打翻神殿上的圣像,吃饭是生存的本能,她却得不到满足,由此带来的精神痛苦贯穿萧红的一生。萧红经受太多的痛苦,通过文学找到了精神的父亲——鲁迅。在萧红和萧军几乎绝望的时候,是鲁迅擎着一盏明亮的灯,驱散他们眼前的黑暗,给他们一线光明。萧红终于找到了"爱",这是一种复杂的爱,其中即有坚强的父爱,也有温暖的母爱。两种爱交织在一起,形成特殊的爱,点亮她沉闷的人生。

写出来的文字不一定是文学

记者:前不久上映的电影《萧红》打上了"人物传记电影"的标签,您对这部影片如何评价?大众娱乐时代我们如何面对苦难?

高维生：这样的电影我不会去看的，这其实是镜头的暴力，亵渎女作家的尊严。为了商业的效应，将一个经受苦难的人，改编成这个样子，人的良心丧失。我看了有关对电影《萧红》的评价，这些所谓的艺术家们，将苦难的萧红完全篡改成风尘女子了。艺术有它的尊严和神圣性，如果没有这个底线，完全变成娱乐，一味追求低俗、媚俗，靠这种方式赚钱，这将是时代的悲哀。

黑格尔说："这个世界的内容就是美的东西，而真正美的东西，就是具有具体形象的心灵性的东西，就是理想，说得确切一点，就是绝对心灵，也就是真实的本身。这种为着关照和感受而用艺术方式表现出来的神圣真实的世界就是整个艺术世界的中心，就是独立自由的神圣形象，这种形象完全掌握了形式与材料的外在因素，把它们做显现自己的手段。"黑格尔所说的真实，有很多人误解了，他们认为记录生活，这就是真实的，不带一点虚假。要是文字写出来的就是文学作品，那么文学不值钱了，不可能存在经典和大师。流水账的生活记录，恰恰忽略了"绝对心灵"，这是支撑文学的骨架，是灵魂。写出来的文字不一定是文学，它可能是制造出来的垃圾，需要送进垃圾处理厂。

记者：请谈谈您在人物传记写作方面的新计划。

高维生：《悲情萧红》是我写的第二部作家传记，在此之前我写过一部《浪漫沈从文》。新作《草檄书生郁达夫》今年也将和读者见面。我现在关注的是朱自清和废名，也在着手搜集他们的资料，适当的时间，我会写他们其中的一个。

2013 年 7 月 22 日于抱书斋

伟大的作家不会被遮蔽

记者：时下关于沈从文的著作林林总总，您为什么想起写沈从文，这是一本怎样的书？

高维生：一本书的形成是有多种原因的，一个人的写作中，这不仅是写出的文字，阅读也是非常重要的。沈从文在中国文学史上是极其复杂的，他出生在特殊的文化背景下，自己又有一段旧军人的生活经历，后来他写出的作品却是朴素的浪漫，这一切吸引了不少的读者，传记作家和评论家，一直在关注和研究他。

我写沈从文是缘于很早的时候看过根据他的小说改编的电影《边城》，画面极其美丽，一条清清的河水，从那时流进我的记忆中。多年后，开始阅读沈从文的《湘行散记》，我被沈从文的文字打动，写下了第一篇关于沈从文的文字。2008年，我有了为沈从文写一本书的决心，这期间是我人生最艰难的一段时间，痛苦中我跟随着沈从文走进湘西，逃离这个令人烦恼的现实。

《浪漫沈从文》是一本与众不同的书，它集随笔、欣赏、传记一体。《浪漫沈从文》主要集中写了沈从文的湘西，在这片土地上的人文和沈从文小说中发生的故事地点。

记者：在五四作家中，沈从文的阅读接受史耐人寻味，他在解放后骤然噤声，退出文坛，之前的作品也成为攻击对象，而时至今日，无论是"文学大师文库"还是"二十世纪中文小说排行榜"，海内外都一律将沈从文排在位于鲁迅之后的中国最杰出的小说家及文学大师的行列，怎样看待这种现象？

高维生：这种现象在国外的作家中也有过，比如德国的荷尔德林等大师，一生受尽生活的折磨，只是到了后来，有一天被人发现，他们竟然是一群大师级的人物。而沈从文比他们多了政治的压力，不得不放弃写作的权利，改行做了服饰研究，变成一名文史馆员。就是这样，在沈从文有限的创作期间，他写下大量的不可磨灭的经典作品。时间淘洗掉很多的劣等作品。沈从文文字中的原始、自由、真诚和单纯，反到是文学中的难得的精神收获。

记者：沈从文由"被遗忘"到今日的"一枝独秀"，对当下的创作有何指导意义？或者说，文学是为服务体制还是指向内心，经得住时间检验的究竟是赞美诗还是纯文艺？

高维生：当下人们请出沈从文，不是用他的地域文化刺激的人的神经，而是为我们树立的"路标"。沈从文的作品中不掺虚假的水分，细节的真实，完全来自于他个人亲身的经历和积累，他的文字源于生命深处的情爱和呐喊，在他的作品中生命真实的表露，散发泥土气味的语言，总是漫着诗性的灵动。黑格尔说："神就是心灵，只有在人身上，神性才是自由和灵动的。"

文学是人学，从古希腊到今天的文学艺术都是在围绕着人。好的作品是研究人的心灵，黑格尔说得好，他用了"神就是心灵"，太经典了。

记者：沈从文以异乎寻常的秉性，在庸常年代里保持坚忍和不动声色。强大的生活之流中，有的人被谎言奴役而成为行尸走肉，有的人则成为孤独的秘密持有者，沈从文的不盲从、不合作是因为傻到了"不识时务"吗？

高维生：这倒不是，沈从文是聪明者，不让他写作，让他去考古，不是做得非常好吗？他有自己的理想和信念，不会因一时的什么去背叛自己的灵魂。他的坚守不是傻，而是表现高贵的精神品质。

记者：伟大的作家不会为时风所遮蔽，总是能按照命运的指引抵达真理。每个年代都有其局限性，当下的局限性表现在哪里？

高维生：我们读一些艺术家的传记，并不是消遣品，而是想看到一个伟大的艺术家，在历史变革面前的一行一动。

每个时代都有自己的局限性，需要不断地去完善，这样社会才能进步。当下的写作受到商业化的操作，面对强大的压力，人们功利化地迎合，失去了自我，还不如沈从文写作《湘行散记》时的自由。个体创作向群体写作妥协了，做出合作的姿态，没有精神的指导，就谈不上作品的高质量和风格了。

记者：另外，通过阅读我发现，这是一部极为抒情的作品，与学院派的书斋式研究迥然有异，二者的出发点各是什么？

高维生：学院派的研究者们在做职业工作，努力地规范，在资料中寻找、梳理，把情感削减得一干二净。文学则不同，它需要生活的积累，鲜活的细节和体验，当情感的浓度过于暴涨的时候，人就要向这个世界呼喊。文学是创作，素材来源于生活，来源于生命的感悟和追问。

2011 年 10 月 5 日于抱书斋

迟子建的世界在下雪

最早读的是她的小说,《树下》《晨钟响彻黄昏》《越过云层的晴朗》《北极村童话》《白雪的墓园》《向着白夜旅行》《白银那》《伤怀之美》,留下极深的印象。近日购得她的散文集《我的世界下雪了》,这是"简朴生活"丛书中的一本。

书的封面,单纯而寓意丰富,空阔的白色,像大雪铺盖的土地,一段板障子,如同一首长歌,记下了大欢乐,大痛苦,大爱,大恨。这是个精神贫血的时代,物质的狂欢节,让人们丧失道德的底线,小资的情感冲击人们的每一根神经。

迟子建在文字中回到了过去,从中找到许多的快乐,许多的无奈,许多的痛苦。她离开那片土地,那儿发生的事情,清晰地在眼前出现。故乡不仅是出生地,更重要的是心灵的倾述,不管走多远,离开多久。迟子建一次次地回到故乡,一座旧房屋,一段老街巷,大地上的一草一木,一条溪水,一座山峰,对她意味着血脉的根源。人到中年经历得多了,不愿去做些虚飘的事情,过去是真实的让她留恋。迟子建的笔下流露出纯真的理想,和小伙伴们在夜色中走在山路上,为了看一场军营播放的露天电影,和父亲砍柴留下的美好回忆。

散文是心灵的述说，一个人没有精神的大背景，摆弄花瓶似的文字，又有何意义。好的散文应该像一棵大树，自由地生长，真诚和土地紧密地相连。应该像太阳一样古老，但它每天都是新的。

　　迟子建沉浸在自己的回忆之中，北极村的乡间小路，田野与村庄，故乡的呼玛河，年年依旧的菜园，滋养迟子建的心灵。"美丽的桦树林""土豆""蜜蜂""烛光""露天电影""伐木声"像一条流淌的河，河水清澈与物欲横流的、喧嚷的现实成鲜明的对照。在迟子建的回忆中，情感的火焰舔舐她的思绪。作家在《冰灯》一文中写道："冰是寒冷的产物，是柔软的水为了展示自己透明心扉和细腻肌肤的一场壮丽和死亡。水死了，它诞生为冰，覆盖着北方苍茫的原野和河流。"迟子建通过冰雪，感悟到生命的自然和情感的体验。

　　　　　　　　　2005年6月27日于抱书斋

大自然中的一支神歌

近期读了第七届茅盾文学奖获得者迟子建的《额尔古纳河右岸》，对于她来说，这是一部重要的作品，我说的重要不是指获奖，而是说作品走向一个更高的层次，对于生命的深层思考。

人和自然是大主题，迟子建不是停留在浮光掠影似的记录，她通过鄂温克人的一个部落，反映百年变迁的历史。

人在天地之间生活，大自然博大、朴素，它教给人的是真实和勇敢。他们的爱，如同山间的河水。

迟子建选择第一人称，酋长在一天的叙述，她的讲述，不是对某个人，是对这个世界的倾述。

迟子建在《额尔古纳河右岸》写了太多的生生死死，这不是为凸显传奇的色彩，这是生命的真实。

现代文明在冲击古老的山林，他们苦苦地抗争，与天斗，与人斗，大恨大爱，用血肉和灵魂写出一部壮丽的史诗。

古老的神歌，是心灵的一盏灯，指引着鄂温克人的道路。聂鲁达说："歌唱和繁殖就是诗。"生命的诗，随着时间的河水流去了，鄂温克人发生了不可想象的变化。

《额尔古纳河右岸》是鄂温克人的古老生命火种的延续。

这本书的生活，对于迟子建并不陌生，她的家乡就在黑龙江边，对岸是俄国的土地。她生长在这片土地上，在当地有很多关于俄国人和少数民族的传说。她随父亲进山砍柴，也看到过鄂伦春人刻在树上的神像，这些东西都深藏在她生命的深处。

　　妮浩披挂上神衣求雨，那一情景写得震撼人心，并不是迟子建在书房中的想象，迟子建和妮浩融为一体，人与神与现实的迟子建是分不开的。

2009 年 12 月 9 日于抱书斋

关于原生态写作

原生态不是借助科学的名词，为了追赶潮流去炒作文学。原生态是真实情感的流露，抛去虚假的模仿。在与天地及人类的内在交流中，把对生命的敬畏，化为简朴而真实的艺术。这样的文字，涌动大地的气息，河流的自在，山的高贵。

原生态是一株树，是精神的植被，它扎根在大地上，注满阳光的汁液，自由地生长。原生态的情感从容地流淌，书写出的文字，每一个标点，每一个词都是节俭的。不轻易地渲染，不会没有良心地发泄，更不会谄媚和跟随。原生态的激情不是冲动，而是生命的燃烧，酣畅淋漓地喷洒在大地的画布上。

2009 年 4 月 29 日于抱书斋

精神成长

精神是有选择的，一个人读的书，选择什么样的文体写作，非常重要。他不是挑拣职业，而是精神品质和心灵的需求。每个作家都有自己的保护神。文学创作是漫长的、艰苦的，要你付出生命的代价去追寻。

影响我的创作，建立我精神背景的作家和书籍，主要有列夫·托尔斯泰，他是伟大的作家，我十几岁就读他的《复活》，那些真实的细节，在记忆中不会消失。对于土地，对于人民，他多么的真诚和热爱。他的《复活》《天国就在你们心中》《战争与和平》是我文学的课本。我像迎接大考似的，经常拿出书大声朗读，即使只抚摩一下，感觉流动的文字，就能涌出一股自信的力量。我对雨果也充满了景仰，《悲惨世界》《九三年》《威廉·莎士比亚》《〈克伦威尔〉序》是我常读的书，读一段他的文字，心静了。雨果是一座山，高耸，洁白，神圣，庄严……那是人们向往的地方，如果写作者，痴迷在雨果的世界中，有一天感悟出他的韵律和深邃的思想，再下笔，就不能轻易地写出浮躁的文字。

梭罗的《瓦尔登湖》，指引我坚定地走向远方，走向大地。我喜爱的还有爱默生的《爱默生文集》、史怀泽的《敬畏生命》、康·帕乌斯托夫斯基的《金玫瑰》、卢梭的《忏悔录》、蒲宁的《蒲宁散文选》、黑塞的《黑塞散文选》、阿斯塔耶夫的《鱼王》。鲁迅先生是一面不倒的战旗，俗风污雨，使旗帜更加高高地飘扬。我很早就读他的作品，《故乡》《社戏》《野草》《阿Q正传》，鲁迅先生的淳朴，闪动冷峻的光泽。对于他赞美也好，咒骂也好，鲁迅独立不羁的人格，高贵的精神品质，是别人替代不了的。萧红的《呼兰河传》是我偏爱的一本书，她纤瘦的手，举起沉重的、标枪一样的笔，投向生命的深处。她笔下的乡村生活，麻木的人们的生老病死是她的牵挂。沈从文的《湘西书简》充满野性、原始、纯净，一条蕴藏情感的河，在凄婉的美丽中，透着沈从文的博爱。张炜的《古船》《九月寓言》《融入野地》使我感动，产生激情的文字。在当代中国作家中，张炜对我的影响最大，他的作品有着流动的诗性。罗丹的《法国大教堂》，加缪的《西西弗的神话》《普里什文散文选》，屠格涅夫的《猎人笔记》，帕斯捷尔纳克的《人与事》，怀特的《人树》《米什莱散文选》，里尔克的《里尔克诗选》，肖洛霍夫的《静静的顿河》也是我读得最多的书。阿克萨科夫的《渔猎笔记》是一本迷人的书，鸟叫、水声、晨雾、沼泽、猎枪、灰雁、阳光、草原、马群、雨水、秋天、徒步，作家讲述那些看似不太重要的事情，但他讲得动听，功力深厚，这就是艺术的魅力。一个作家朴实、真诚了，一定能写出好作品。德富芦花的《自然与人生》、薇依的《在期待之中》、茨维塔耶娃的《我的普希金》让人回味。茨维塔耶娃笔下的"黑色的忧郁"不是每个作家都能体验的。苦难像阳光与黑暗似的伴随，她从不畏惧，直面人生。她说："如果不能发现丢失的东西，如果不能让失去的东西得到永存，那还谈什么艺术？"一个美好的生命，永远背负沉重的十字架。她的语言弥漫白桦树的气息。

雨果说："只在一部作品既无风格又无思想的时候，这部作品才会变得陈旧；而当作品里有诗意，有哲理，文字优美，有对人的观察，有对自然的研究，有灵感，有重要性的时候，这部作品就变成了古典。"我对文学有了越来越清醒的认识，读有思想性的作品，这对于我是一种进步。文学道路清楚了，这就需要百倍的努力。我们处在浮躁的时代，很难找到安静的地方，必须坚守、抵抗，守住心灵……

对人类关爱的文字越来越少，破坏性的文字越来越多，好像这样的文字最优秀。在文学的森林里，他们残酷地挥动板斧、电锯，地毯式地砍伐，留下一片惨不忍睹的场面。他们留给后人的是残破的碎片。

2003 年 5 月 10 日于抱书斋

在俄罗斯大地上跋涉

清冷的风从画面吹出,扑在我的脸上,感受到初春的风传送的气息,开河的冰排发出破裂声。河中间已化开一条带子,露出掩盖的真实面貌。天空阴灰的调子,让人有了怀旧的伤感,拉起手风琴,想起唱忧郁的歌。季节变化中的人,在大自然中体味生命的变化过程。冬天和春天在作最后的较量,都愿将自己保留在时间的深处。河岸上向远方延伸的松林,从严酷的寒冷中醒来,脱去冰冷的大衣,呼吸春天的空气。动物们终于等到了万物复苏,大地上长出新生的嫩绿,它们可以自由地撒欢,不费心思地找到果腹的食物。鸟儿的一声长叫,扯着春天的画卷跑来。

在一本杂志中看到这幅画,突然翻到一页,遇到了列维坦的《早春》,1898年,距离我们遥远了,一百多年前的画作,仿佛刚刚完成,画布上的颜料,湿淋淋的没有凝固。法国古典主义画派最后的代表人安格尔写道:"一位美术家当他坚信走的是一条正确道路,当他按照那些有资格取得广泛声誉前辈的脚印前进时,他才能以真正的天才人物所特具的勇气和信念来武装自己。他决不能因为一群不学无术之徒的指责而中断自己坚信的道路。"

我伸出手触摸河水的刺骨,雪的松软;注视画面,我想准确地表达自己的情感。想来想去，还是选择"跑来"因为是在我毫无思想准备的情况下，《早春》来到了。我爱上列维坦，搜寻关于列维坦的画作和文字。

1873 年，列维坦怀着成为画家的愿望，进入莫斯科绘画雕塑建筑学校求学。这个时期，日子十分艰辛，夜晚无处可去，他在画室的凳子上熬过一夜，缴不起学费，常常受到学校退学的威胁。因为列维坦是犹太人，又受到种族歧视，内外的压迫，造成他内向的性格，小小年纪便患上精神忧郁症，发病时他会丢下手头的工作，拿起猎枪，带上心爱的猎犬跑，一连很多天摸不着他的去向。列维坦曾经开枪自杀，幸好两次都没有致命。2009 年 10 月 18 日，这天下午，天气突然变脸，大块块的灰云堆积天空。风是从傍晚起来的，它疯狂地撒野，摔在玻璃上，发出吓人的脆响。冬天一点点地逼进，秋天被吹得四处流落。深夜读完《列维坦传》，合上书，关掉台灯，躲藏在黑暗中，情感漂流在俄罗斯的大地上，听列维坦的脚步声，看到他在伏尔加河边作画。

不知道为什么，我选择深秋天走进列维坦，读他的画作，读他的传记。在短短几天的阅读中，跟随他的背影，走遍大师一生的经历，我在寻找自己的人生。

列维坦的画中弥散忧郁，淡淡的哀愁，这和他童年时生活的背景不可分割，那种流浪和贫穷的基因，流淌在血脉里，这使他的画更令人着迷。俄罗斯文学大师果戈里，面对色彩时说："彩色写生画是眼睛受用的悦耳动听的音乐，具备夺人心魄的美。"

列维坦不可能被复制，他的画没有虚假的浮躁之气。一个人面对大自然，白桦树林飘出的清香，伏尔加河升起的水湿气息，悠扬的教堂钟声，清净目光中的杂质，只有感动。野草上的露珠，带着纯净的欢快，飞进列维坦的记忆里，荡起美好的向往。激情的火焰，燃烧画布上的颜料，创造新的生命。

康·巴乌斯托夫斯基在怀念文章中说:"1900年7月22日列维坦与世长辞了。当时正是暮色苍茫的黄昏,莫斯科上空的苍穹深处升起了第一颗星星,盖满黄色尘土的叶丛披上了一片落日的余晖。"列维坦是一株行走的白桦树,大地上丰富的养分滋养他。离开大自然,列维坦就像插在瓶中的野花,用不了多久会凋谢,变成死亡的标本。

2011年3月5日于抱书斋

苍凉的辉腾锡勒

我喜欢蒙古族的马头琴,它演奏出的曲调,冲击心灵的深处。对于草原的热爱,缘于上小学时学的《草原英雄小姐妹》的故事。龙梅和玉荣在暴风雪中舍身抢救公社羊群的英雄事迹,传遍祖国的大江南北,成为各民族少年儿童学习的榜样。暴风雪、蒙古包、一群白色的羊,构成我对草原的向往。八十年代初,读了知青作家张承志的《黑骏马》,他开篇的一段文字,改变我对草原的印象:"也许应当归咎于那些流传太广的牧歌吧,我常发现人们有一种误解。他们总认为,草原只是一个罗曼蒂克的摇篮。"张承志的叙述方式,颠覆我浪漫的草原情节。

接到"第十八届草原夏令营"通知,少年时代的情节复活,变成等待和渴望。2012年5月,我去过呼和浩特,在郊区的"蒙古族风情园"参加改稿会,却没有机会到草原。这次去辉腾锡勒草原,它位于阴山北脉,察哈尔右翼中旗科布尔镇南部,距离呼和浩特市110公里,汉译为寒冷的山梁。

2013年8月12日,我跟随夏令营的营员来到辉腾锡勒草原,那辆挂着旅尘的大巴停在景点处,我和六位队员被分在6号蒙古包。卸下拉杆箱,弯着腰钻进毡门,我在草原的日子开始了。这是我第一次住进蒙古包，里面没有布置什么，空空荡荡，只有离地10公分左右高的木通铺，上面铺着脏渍渍的褥子，叠得不整齐的被子。蒙古包是半球体，头顶有一个窗子，一年四季的阳光都能照进来，因此包内采光好，空气流畅。我对蒙古包的知识贫乏，更多的来自于书本，环顾四周，不知包的形态构造和名称。

营员们大多是年轻人，很容易被陌生的环境感染，他们结队向草原的远处走去，寻找心目中诗意的浪漫。我独自站在蒙古包前，过去读文学作品中描写的情景，一点记不起来了，张承志散文诗般描绘的草原不见了，龙梅和玉蓉的公社羊群更是看不到。八月的草原，草场不是那么绿了，泛出枯黄，有了秋天的味道。

我走出蒙古包，看到无数个钢铁的架子散落草原中，巨大的风力发电车，展开冰冷的翅膀，随着风力转动。风车转起来，发出奇怪的响声，荡在辽阔的草原。我观察半天，天空看不到小鸟儿飞过，地上不见小动物跑过。在一座蒙古包前，有一个穿迷彩服的牧人，我走过去，询问当地的情况。这位王姓的牧人，在这里土生土长，四十岁的年龄，脸上现出大自然磨砺的痕迹。我们聊到草原，他的眼睛向远方望去，目光中露出的迷茫，让人心疼痛无语。他说："自打风车转动，鸟儿不敢飞来，黄羊、狐狸、野兔等，动物再也看不到了。"钢铁的大风车，如同鬼怪一样，占据动物们祖辈生活的地方。大生物圈的破坏，改变了草原的格局，昔日的放牧人，牵着马儿蹲在景点前，等候游人出租，牧人失去奔驰的快乐，马儿失去自由的时光。

我来到草原不知所措，落差的情感中弥漫出绝望。坐在蒙古包边的石阶上，注视空落落的草原，听不到羊的咩咩叫声，闻不到蒙古包里飘出的炊烟，只有风车发出的声音，啃咬心中的地方。

辉腾锡勒草原的苍凉，如同悲怆的长调响起。

2013年8月29日于抱书斋

我看不到自己的神情

市政广场的音乐声,从窗子湍急地流进来。音符中涨满幸福,一路扭动着,撒下快乐的舞步。

我将手中的笔扔到工作台上,扭头向窗口望去,是一片初秋的天空。我工作的地方在十七楼,只有站在窗前,才能看到市政广场和一条条交织伸延的马路。音乐一阵阵地入侵,强迫我接受音质不好的音箱送出的情歌。

市政广场的上空汽球飘舞,支起的彩色充气门,停泊的各种牌子的小车,营造出温馨的情调,吸引过往行人的眼光。一个网站搞的大型相亲会正在举行,那条越过水面的小木桥两边,挂满商家的广告牌。音乐中,主持人卖力地煽情,他嗲嗲的话语声,随着音乐淌进耳朵里有痒的感觉。我的手伸向腰间的钥匙链上,想用那枚大号的、四棱多齿的钥匙,掏一掏耳朵,把那个痒的东西抠出来。我的耳朵是怪物,对于事物特别敏感,每次受到诱惑痒得厉害。我书架上有好几个型号不一、形状不同的掏耳勺,我随时调动它们,去耳的深处将痒掏出,甩到空中去。我伏在工作台上,正在校对报纸的清样,手中红颜色的中性笔,如同一只放出的猎狗,在捕捉一个个猎物。我的眼睛不允许有一点大意,稍一恍惚,错字就要逃掉。

碰撞上它，毫不留情地、熟练地一勾。职业训练出一种毛病，警惕中阅读寻找错字。这个时候，我需要的是安静，有一点外来的干扰，心立刻烦躁起来。

　　工作台上，摆着从"当当网"邮购的书，这是"海外中国研究丛书"中的一本。历史上的事情躲在书中，我通过文字复原时间的记忆。茶叶在杯中舒展，由于水的滋润有了灵气。音乐一次次地冲来，撞在杯壁上。我推开椅子，放下手中的活儿来到窗前，透过那方窗口，俯望对面的市政广场，我在追踪寻觅幸福的少男少女们。玫瑰花和心形的图案距离太远，我只能看到卡通一样走动的人，却看不到他们脸上的表情。窗前的伫望，也让我有了对爱情的回忆。我站在窗子的中间，迎着音乐的扑来，我看不到自己的神情，听到幸福的飞翔声。

　　中午下班时，路过市政广场，相亲会结束了，悬挂的彩旗还没撤下，音乐停止播放。铁管子上竖立的音箱哑了，显得孤零零的。幸福远去了，音乐消失了，我夹在人流中，回头望着单位的大楼，寻找我办公室的窗口。

2010年8月17日于抱书斋

第四卷 真情与真实

混字表现国民的心态，无数个"混"字聚集在一起，举行混字的盛宴。混职称，混文凭，混日子，混社会，混人生，混个一官半职，混个脑满肠肥，从古到今，混字在中国最经济、最实惠、最有用处。

时光中的时光

王川弟：

　　收到你的信很高兴，书信交流不同于面对面的谈话，选择书信不仅是方式，而是一种品质。我藏书中有果戈里的《果戈里书信集》，济慈的《济慈书信集》，简·奥斯汀的《信》和金惠敏主编的"大师私人话语·书信系列"，收录叶赛宁、荷尔德林等大师的书信。一代代大师们，通过朴实的形式，表露出的亲情和友情，现在读起来，清新的文字和真诚，让我们激动，有了无限的遐想。书信是心灵的轨道，顺着这条轨道，我们沿路读到本真的袒露，而不是刻意雕出来的。书信是两个人的事情，在这个舞台上可以诉说真情，爽快地说出对人生、对艺术的不同看法。这种自由度，像一个人走在山野中，随手采摘一朵野花儿，慢慢品读，掬一捧清净的泉水，洗去城市噪声污染的脸，人回到自然的状态中最快乐。"中年通信"是我们共同选择的道路，肩并肩地走在通往远方的路上，不管风雨多么狂妄，用血肉筑成一堵结实的墙，抵抗铺天盖地的吹袭。风和日丽的日子，我们倚在粗壮的树上，在大地的桌子上，摆上几样小菜。像《兰亭序》中写的那样："群贤毕至，少长咸集。此地有崇山峻岭，茂林修竹，又有清流激湍，映带左右，引以为流觞曲水，列坐其次，虽无丝竹管弦之盛，一觞一咏，亦足以畅叙幽情。"朋友在一起，推杯换盏，风儿把话语播撒土地上。多少年后，这里长出话语的森林，枝头挂满思想、情感的果实，形成独特的景致。坐在青青的草地上，嗅着清新的风，我们的心是那么的洁净，没有世俗的功利，人与事的烦恼。

"中年通信"是生命的储蓄，我们一点点地存储，将欢乐、痛苦、失望零存进去。有一天整取而出，轻轻地捻动，漫出的汁水，缭绕的雾气，有了怀念和回味。我现在读书，喜欢读的是传记、书信和日记，这和年龄有关，更多的是经受太多的事情，时间的熬磨，压榨出多余的水分。最近看了你给格致写的书评很高兴，这是近几年读到你较长的作品。从文章中看出你的功力，和多年积压的喷泻。这几年，你不是集中精力写大块的作品，但思想被阅读的磨石，日夜打磨，不停地挖掘，扩大自己的土地。有一天你拿起笔来，会不费力气地写出好作品。读了你的文章让我兴奋，孤独的长旅中，疲惫不堪，甚至绝望的时候，我听到急促的、追赶的脚步声，我的兄弟背着行囊，像一头快乐的小鹿儿来到身边。

我们十几年的交往，是真和情的交往，更多的是在书的精神背景下建立的。我总是怀想，我们从三联书店出来，背着新买的书，一路步行，来到黑虎泉边的一家茶馆。透过宽大的窗子，看到高大的解放阁，我们一边喝茶水，翻动手中的书，谈文学，谈艺术，谈人生。那是多年前的事了，那样的情景在我记忆中鲜活，如同清晨草叶上的露珠，永远晶莹闪亮。人是活在记忆里的，没有记忆的滋养，人是多么的痛苦。"中年通信"是起跑线，我们一同跨越时间的栏架，向远方冲刺，寻找精神的家园。

我邮购了安德烈·塔可夫斯基的《时光中的时光》，一本好书，值得一读。

维生

2007年9月1日于抱书斋

储藏丰富的元素

王川弟：

　　感谢你去医院看我父亲，人老了非常寂寞，需要更多的温暖。他的身体健康，对于我是一大幸福。

　　十月一，出去是一件好事，古人说，读万卷书，行万里路。人总在一个地方生活，天地狭窄，时间一长了，激情耗尽。旅途给人的东西太多了，不仅仅是游玩，也增长见识。我喜欢旅途这个词，它饱含丰富的意义。每次坐在火车上，听着节奏鲜明的列车奔跑声，我忘记烦恼的人与事，想了很多的事。有一年回延吉，看到山坳中有一片桦树林，激动得语言无法表达。后来我读俄罗斯画家列维坦的画集，有一幅《白桦林》，青青的草地，茂密的桦树林，自由地生长。桦树身上美丽的树皮，是那么亲切，那么朴质，它让漂泊的心有了一缕依靠。故乡是什么？是人灵魂的牧场。到北京看一看古迹，和朋友一聚也是快乐之事，找一家安静的茶馆，天南地北地聊，身心彻底放松了。

　　这一段杂事太多，但我还是抓紧一切时间，采取鲁迅先生的"海绵精神"，绝不停止阅读，也不停止写作。到了我这个年龄，不会找借口，推掉读书和写作，这是我的生命的形式。我害怕读当代作品，筛选过后才去读他们的作品。那个中年女作家，我很早拒绝了，在书店看到她的书碰都不碰，怕污染了手。在中国"著名"最可怕，发几首小诗的人，忽悠成"著名"，他们卖弄做秀，在电视和报纸上露个熟脸。这和歌唱得不怎么样的人一样，费尽心机挤进春节晚会，像煮熟的大螃蟹，梦想一夜红透。我现在更多的是读老书，日记和书信集，这样的书真实不掺假。文学丧失真实，就没有良心了，做什么事都感到正常。当代太缺少大了，大爱，大恨，大激情，读一读萧红的文字，感到我们的心被牛奶泡软了，而萧红是荒凉的。每年的秋天，我都要读萧红，前两天读了《生死场》，王婆去屠宰场卖那匹老马，"老马——棕色的马，它孤独地站在板墙下，它借助那张钉好的毛皮在搔痒。此刻它仍是马，过一会儿它将也是一张皮了"。读到这儿，心痛呀！萧红被苦难养大，她的笔太沉重了，不会写些无聊的事情，更不会摆出明星的姿态，向读者来个飞吻，丢个媚眼，博得读者的叫好。写作是寂寞的，将寂寞当作幸福来享受，如果守不住的话，就不要搞文学，可以当玩家，一个美食家。

我买了石涛的《苦瓜和尚画语录》，董其昌的《画禅室随笔》。这两本书除了文字，还有丰富的画作，我甚喜欢。一是读了先人的画作，再就是通过他们的文字，学到很多的道理，他们对艺术的执著，做人的境界，这是当代人少有的。石涛说："纵使笔不笔，墨不墨，画不画，自有我在。"就这一点值得我们反思。在文学中失去自我，缺少鲜明的个性，文学也就死了。我喜欢古代艺术家的文字，节奏和谐，可以朗朗上口。文辞晶莹结实，容不得一点水分和虚夸。古典像"21金维他"，储藏丰富的元素，对于我们是有大帮助的。

网上发帖子，对郭敬明已经正式成为中国作家协会会员一事炒作，网上说他是"有不良记录的人"，这种人能进入中国作协，据说是某著名作家和评论家力荐下破格通过申请的。陆天明还是有良心的，他说："写得好的人多了，是不是小偷、骗子都能成为作协会员啊？这个时代还有没有底线啊？"我是不理解那些大人们和名人在做什么，在想什么。买了张承志的《聋子的耳朵》，我不明白张承志，如何用这样怪的名字，读到后记，我才理解他在使用人的另一种本能，"拒绝强制灌输塞入耳朵的喧嚣声响"。这不仅是坚守和抵抗，还有人格的高尚。

这个时代，还有几个人，敢站出来说说实话。

昨天是中秋节，我没能回到济南陪老父母，我觉得对不起他们。我晚上一般情况下，不喝茶水，泡了一杯茶，看着天空阴缺的月亮。想到遥远的家乡，此事古人难全，我们有何办法呢。

十月一临近，想象你在做旅途的准备，祝你途中快乐！

维生

2007年9月26日于抱书斋

一本书，在岁月中被这么读

王川弟：

　　十一长假没见面，觉得缺点什么，我在济南陪父母几天，然后回滨州了。长假几天，阴雨绵绵，秋雨破坏人们的游兴，但街头有很多的外地游客，大包小包地拎东西，中国人好热闹，这可能和祖先住四合院，留下的遗传基因有关系。

　　我去了三联书店，店中冷清很少有读者来找书，人们对书越来越失去兴趣了，多的是物质的享受。书店没有合我口味的新书，在一排排书架前，我挑了一个多小时，只买了朱大可的《流氓的盛宴》和孙犁的《芸斋梦余》。朱大可的文字，只要碰上都不放过，我想听到另类的声音，时代需要这样的知识分子，如果都说假话，丧失责任感，这个民族没救了，朱大可还是有良心的。孙犁先生是我敬重的作家，我十几岁就读《铁木前传》，到了四十多岁了还在读，而且越来越有滋味。一本书在岁月中被这么读，可见它的魅力。老先生说得好："及至老年，我相信，过去的事情，由此而产生的回忆，自责或自负，欢乐与悲哀，是最真实的，最不自欺也不会欺人的。"人到了一定的年龄，虚无的东西，像烟云似的散去。有句老话，"人到老时是散文"，散文是朴素的，它记录生命过程中的事情，大悲，大喜，大爱，大恨。大字在散文中非常重要，它不像小说的文字容量那么大，但小的篇幅，反映的是品质和精神背景。而不是现在小资们写的情调，虚伪沧桑像杯中漂浮的菊花茶，失去鲜活的生命。孙犁的书慢慢品，不能急急忙忙地读，是伴随一生的书。

一个"混"字，你用得真好。混字表现国民的心态，无数个"混"字聚集在一起，举行混字的盛宴。混职称，混文凭，混日子，混社会，混人生，混个一官半职，混个脑满肠肥，从古到今，混字在中国最经济、最实惠、最有用处。这个字组合的合理，三点水是游泳，日是时间，比是两只手划动。在中国怕的是认真二字，谁认真就要吃大亏，遭大难。打着评职称美丽的晃子，做肮脏的交易，这是发家致富的门路。我曾经遇到过这样的事情，一位名导师的博士生，长得文质彬彬，傲气逼人，一张嘴就是一串外国理论家的名字。他给我打来电话，后来我们还吃过一顿饭，请我帮助写毕业论文，开价5000元，酬劳不低。我是初中生，没有进过大学校门，坐在梯形的教室，听大师们的学术报告。我这几年，不过读了几本书，发表一点作品，有什么资格写厚重的博士论文呢？有的钱能挣，有的钱不好挣。

阴雨的十月，你陪同夫人畅游北京古迹，去北大朝拜，在东方语言文学所的院落里看到满树的红豆。浪漫的情致，让我羡慕呀！生活沉重的压力，苦难的汁水，缭绕诱人的气息，逼我们喝下这碗汤水。青春的小鸟，忘记自己的故乡，一去不复返了。几年前，我同夫人去了一次北京，那是回东北等机。我们俩利用登机前的几小时，逛一趟王府井书店，买了几本书，接着乘交通车去机场。现在想一想，我有点不近人情，书什么时候都可以买，夫妻一同出游的机会还是不多的。这一点上，我要向你学习。鲁北的秋雨，一连几天不停，每天在雨中去上班，感受清新的雨淋在身上，心情变得愉快了。我喜欢听滴落伞上的雨声，这声音扯出思绪，沉在回忆之中。

我小时候，在山区的姥姥家，门前有一条溪水，流淌的水声，节奏鲜明。我这几天写了《纪念童谣》，人过中年，多的是回忆了。

今天我把电脑屏幕换了新的壁纸，原来是辽阔的草地，天空堆积几朵白云。新换的具有东北风情，浓雾弥漫的山间，一条溪水顽强地奔流，跌宕的溪水，溅起一朵水花。黄色的野菊花开在溪边，叶子上滑动露珠，这样的画面，在长白山区的清晨到处可见。躲在雾的深处，听溪水的声音，一潮潮的太迷人了。有机会我们一同去延边，听山里溪水声，用晨雾洗去夜的残痕，这是一种享受。

很想面对面地听你谈论京城之行。

维生

2007 年 10 月 12 日于抱书斋

一个人慢慢回味

王川弟：

　　火车站分手的那一刻，我看到你疲惫的身影，心里过意不去，对你充满歉意。无论哪个朋友来，你总是付出的最多。想一想，我举目无亲地随父母来到山东，有你和少元兄这几个真心的朋友，这是一生的福分。

　　我感到劳累，接格致的前一天，由于睡眠不足，精神状态不好，但是和朋友们在一起的快乐，冲淡了一切。我本想就近上车回滨州，等这班车要到1点30分，在乱糟糟的人群里待1个多小时。我开始拦出租车，去济南长途汽车总站，那儿发往滨州的班车多。我打了几辆出租车，都嫌那儿修高架桥，路面没有铺好，交通混乱塞车，路程太近不去。我一气之下，买了一瓶矿泉水，一边喝着，徒步走到长途车站。长长的路，耗没了一肚子的气，想到满街的下岗职工，人们在生存线上挣扎，出租车司机也不容易。

　　坐在长途车上，路过黄河大桥，看到它还是有些激动。想起某个诗人，坐火车路经黄河时，对着它撒了一泡尿，感到非常爽快。我是不理解的，黄河是伟大的河，就像德国人说莱茵河，巴黎人说塞纳河似的。小时候，在学校礼堂举行的新年联欢会上，戴着红领巾和同学们合唱《保卫黄河》。印象深刻，一生都挥之不去。过了黄河，长途车奔跑在广大的平原上，从公路两边村庄墙上的宣传语，你就能感到时代的变化。出济南没有多久，困得睁不开眼睛，车厢里又热，我趴在椅背上睡了，睁开眼睛时，看着窗外，这么快跑到李庄，离滨州很近了。路面湿滑，下着零星的碎雨，今年的雨多。天空阴沉，又刚刚和朋友们分手，心中不是那么痛快。

回到家二话不说，洗一把脸，倒在床上大睡。睡得一塌糊涂，醒来时天黑透了，这一天过得昏昏沉沉。顾不上吃饭，给大海打电话，问了问近况，他正在考研前最紧张的复习阶段，我离他太远，只能精神安慰一下。可能是年龄的关系，我的情感总想贴在大海的身上，这是我过去没有的。桌子上堆的书，都是我近期要读的，一进入写作状态，读书就很少。

你信中谈到文字和生活，理想和崇高，流血和死亡。这几个名词，写起来好写，读起来好读，但是包含着人类和时代的激荡，这是大问题。作家应该是复杂的人，他的思考不仅仅限于文字，更多的应是去关注人民的命运，在这一点上，伟大的作家雨果做得好，鲁迅做得好。我在这方面气力不足，这是致命的，性格决定命运，我的血液中野性的东西太少了。我说的这种野性，不是粗野、野蛮，而是勇敢和坚强，宽大和包容，热爱和痛恨。你的文字我喜爱，在灯光下，品茶似的慢慢回味。

你是老诗人，我在诗歌写作上是新人。至今我的诗歌写作，不知道是什么流派，属于哪个山头的。我只是将内心的情感，用分行的文字表现出来。我是2006年去长春的路上开始写诗的，写了一年，对诗的爱情越来越深了。诗歌向我敞开另一扇门，它对我的散文和今后的写作有帮助。不管别人怎么说，一直写下去，到了白发苍苍的老年，我会写很多的诗。那时哥俩找一个茶馆，挑几首满意的情诗朗诵，向你讲述当时的心境。老年的回忆是痛苦和快乐的，毕竟我的目光追寻过一个人的背影，有过心动。

　　今天在书店本想逛一逛，在济南时，烛光的摇曳中，你聊到奥尔罕·帕慕克的作品，在三联书店碰上他的《雪》。书是贵了点，我还是买下，好好读这本书。

　　天气一天天冷了，我们已不是年轻人了，多穿衣服，保重自己的身体。毛主席说得好，身体是革命的本钱，没有本钱，我们还能做什么。

　　这个星期，你和少元兄来参加婚礼吗？我期待你们的到来。

　　握手。

维生
2007年11月1日于抱书斋

轻飘上不了时间的秤

川弟：

你和少元兄来滨州参加李长英公子的婚礼，深秋我们在这个小城见面了。一想到滨州两字，我在这里待了二十多年，真可怕呀！婚礼热闹隆重，我结婚的时候，是坐一辆老式吉普，像电视剧中的情景一样。

这几天，我在全力修改一部分稿子，修修减减还是有必要。好文章不是写出来的，是改出来的。一篇写完的稿子，隔一段时间再看，突然变得陌生了，同时发现问题。在家中两天，我除了睡觉，吃饭，接几个电话，我什么都不干。我这个人有时太粗心了，重新看一看写过的文字，出现这么多错的地方。我不知当初是如何校的，还是手下留情，人的一生应该是不断地和文字斗争，不能有半点怜悯之心，否则便是受害。这一点上，我们应该向鲁迅先生学习，向张炜先生学习。他们对自己的文字，用一生去热爱。今后在这方面我必须精心，这不是什么考验，而是一定要做的。

你不是"愤青"，我不是说你对生活没有激情，而是对生活有责任和良心，才发这通"牢骚"的。这样的"诗人"我见多了，信箱每天打开，我做的第一件事，删除乱七八糟的邮件，有的是利用群发软件，给一个命令，发往全国多家报纸，太可怕了。真正的好稿子少得可怜，你是做编辑的，哪个编辑不想发好稿子呢？检验编辑的水平，不是组稿子，而是发现新人。现在的人太功利，写几天博客，就想弄几个钱，出一本诗集，出一本散文，然后四处赠送，开作品讨论会。文学不断地被人们预言死亡了，一摊狗屎。但它的光环，不是时间和咒骂能消灭了的。他们把文学涂抹在脸上，摇身一变，品味大增，往回捞油水了。文学被奸污了，失去纯真和生命的意义。我喜欢一个人读书，不愿意在热闹的场合露面，这不是我在摆什么清高。我已不是青春的年龄了，不用扬鞭自奋蹄。在人多的场合待两小时，我要一两天的工夫恢复。

十月份，我写了一组回忆东北生活的散文，秋天让沉在过去的岁月，陷入怀旧的沼泽中拔不出来。我没有想到记忆，会溢出这么多的事情。人生真是不容易，由这么多的琐事构成漫长的链条。躲在书房中，用文字记下过去的苦和乐，这比在酒店大吃一场实惠多了。这本散文集，如果书名叫《老关东》，你看如何，我喜爱这个老字，更喜爱关东。我写了近二十万字，又拍了很多照片，有些照片，今后不会再有了，因为有的建筑已拆除了。

我最近下载了很多的蒙古族长调，《富饶辽阔的阿拉善》《追风的银鬃马》《凉爽的山冈》，还有马头琴独奏。一有时间，我打开电脑听一听。蒙古长调的浑厚、苍凉、忧郁和对故乡的情意，这是我要学习的。我不愿把文学弄得甜甜的，轻飘飘地上不了时间的秤。文学应充满张力，它是有生命的，不是僵死的，不是糖果。

散文最终比的不是写个小故事，比的是人的品质，真诚和胸怀的广度。其实我很羡慕你的古典诗词的修养，小时候，也背过几天古诗，但我坚持不下来，学识短浅，耐不住寂寞。6月我们去青岛的湛山寺，你和佛门人的对话，我只能是个听客，大乘小乘我是陌生的，还要向你学习。

你们这期报纸出来，给我寄张报样。副刊登了"山东青年诗人小辑"，这是我写诗以来，第一次在山东报刊发表诗，很多人不知我写诗，它对我有特殊的意义。诗集的封面我很满意，但印刷的效果不敢设想。老蓝是我喜爱的颜色，书名用银粉压上，厚得不轻飘，东西有重量，有时间感就好。张炜先生在写诗集的序，我等你和蒋蓝的诗评。

我这几天，注意收集沈从文的资料，如果接吉林这本书，我要有几个月走进沈从文的世界中，过去写过他的文字，这一次要全面、深入地研究一番，也是件好事。

你和少元兄这次来，我是非常高兴的。朋友们的到来，解除了劳累，在一起是无比快乐的。

不知你的腿还是否疼，建议你买一双旅游鞋，脚保暖好了，腿就不会疼。

夜深了，给你写信没有一点困意。

维生
2007年11月6日于抱书斋

读书是一场精神上的修炼

川弟：

　　这次见面，心情好多了。朋友在一起，能忘记很多不快的事情。为了活着，我们还要戴面具去应酬，这就是人生吧。

　　你信中附的余虹的《一个人的百年》，是心动的一篇好文章。一百年，一个人的一百年，在记忆中记住余虹，也记住令人尊敬的石璞老先生。这样的知识分子，当代还有几人。我这一段时间，陷入苦闷之中，我不知道用什么样的语言，准确地表达那种心境。对人生，对社会，我有时快挺不住了，但有何办法呢？

　　为了写沈从文，我把手中的写作放下。我原来就有一部分沈从文的作品集，最近朋友们又帮忙买了沈从文的研究资料。其中你给我买的《沈从文的凤凰》，是一本很好的书，昨天读到深夜，读得兴奋，感受不到一点困意。耳边似乎响起辰河上的橹歌声，眼前出现，沈从文穿着破旧的袍子，在大地上跋涉的身影。和你分手的第二天，我逛了"三联"和"致远"两家书店。在"三联"我买了杜素娟的《沈从文与〈大公报〉》，书中配有老照片，我看到了许多老一代文化名人，有的是第一次见。前几天，我写完沈从文在上海教书时疯狂地爱上张兆和。我看到他那时的照片，真年轻，沈从文的眼睛如处子一样。他目睹过砍头的情景,面对过数次的生死场景,但他的目光像故乡的山水,单纯透明。从沈从文的眼睛中,能读出很多的东西。他高纯度的情感,一丝激情的引燃,就会起冲天的大火。照片在慢慢地放大,漫漶时间的痕迹,我理解了沈从文的一生,理解了他的作品。一个人满眼是浑浊的物欲,没有独立的人格,执著和激情,是不可能写出《边城》和《湘行散记》的。沈从文批判的东西,到了今天还存在,不是消匿,更加活跃了。在沈从文和石璞的身上,有着共同的亮度,就是知识分子的人格和良知,这不是一两天学会的,它不是学问,它是精神的品格。当代人的情感零度冰冻,胸怀萎缩,自己高于一切。"郁达夫将脖子上的一条淡灰色的羊毛围巾摘下,掸去上面的雪花,披到沈从文的身上。然后邀沈从文一道出去,在附近一家小餐馆吃了一顿饭。结账时,共花去一元七毛多钱。郁达夫拿出五块钱会了账,将找回的三块多钱全给了沈从文。一回到住处沈从文禁不住伏在桌子上哭了起来。"凌云写到这儿,不知心情如何,我的眼睛有些湿了,寒冷的冬天,沈从文生活困窘,袋中无钱,这种帮助是救命呀!人与人如水的纯粹,宽大的温暖,情感多么动人。我们读史不是为了复古,但是过去有些事情,我们是要学习的。做人的,作文的,不论到什么时候,缺少这些就不要谈别的了。

你看一看,我有多少沈从文的作品集和研究他的书:《大山里的人生——沈从文的人生随笔集》(湖南文艺出版社2002年2月版)《无从驯服的斑马》(中国青年出版社2004年4月)《沈从文散文》(浙江文艺出版社2007年4月)《沈从文散文选》(人民文学版社2004年3月版)《湘行散记》《边城》《长河》(均为北岳文艺出版社2002年4月版)《丈夫集》《凤凰集》《抽象的抒情》《雪晴集》《泥涂集》《阿黑小晚》《萧萧集》(均为江苏教育出版社2005年4月版)《沈从文与丁玲》(湖北人民出版社2005年1月版)《沈从文文学理想研究》(人民出版社2007年3月1版)《与自然为邻——生态批评与沈从文研究》(湖南师范大学出版社2006年12月版),《沈从文的最后40年》(中国文史出版社2005年7月版)《沈从文的凤凰》(中华书局2007年8月版)《沈从文与〈大公报〉》(山东画报出版社2006年5月)数了数一共二十本之多,这是一笔财富。借写一本书的机会,我尽可能阅读沈从文的文字和他的人生。

读书是一场精神上的修炼,我要全身心地投入,把自己在书的碱水中泡一泡,洗去躁气,多山野的清静和滋润。

杨绛的《走到人生的边上》,上一次信中谈到,我父亲给我买了。我一直想读,就摆在桌子上,但这段时间太忙了,我抓紧读一下,到时和你交流。96岁的老人,精神状态真好,面目光润,还能写这么重要的文字。照片中的老人谦和宽厚,有些人到了老年,脸上表现的是狰狞和丑陋,我想可能和年轻时做过的事情有关。

这次在济南朋友们一聚,真是高兴,许多不快散去。有很多的话,本想和你聊一聊,有时间吧。确实我遇到了麻烦,我会选择一条正确的道路,你的支持对我很重要,是一股强大的力量。

每次给你写信,总觉得有太多的话要说,尽管我们经常见面,刚离开一天,我又说了一大堆的话。

又到年末,总要梳理旧事,怀想一年中走过的日子。

维生
2007年12月14日于抱书斋

读真实的东西

川弟：

　　接到你的信很高兴，我们很久中断了这种交流方式。虽然我们经常见面，但文字的沟通，比面对面的交谈重要。形式不同，所谈的东西不一样。坐在书房里，给朋友写信的心情，不是一两句话所表达清的。

　　你在信中谈到"残酷"的力量，这个词用得较准确，也是我写作中缺少的激情，我的文字太温和了。想一想，这和我受的教育有关，我不是指读书，而是真实的生活。我没有吃尽世间的苦难，生活的平稳，对于写作者并不是好事。它就像大自然中的野花，和温室中养的花草，同样是花，但从根性上不可能相同。到了我们这个年龄，人生过大半了，特别是今年，经历很多的事情，不时向往的起伏的大山，眼前是一片开阔地，这可能就是人们说的大彻大悟吧。我崇拜卡夫卡、鲁迅等大师，他们是真正的勇士，敢于直面惨淡的人生，这就是大师和普通作者的区别吧。

　　这么多年走下来，当我们猛然回头，一路留下了什么，这是我现在常想的问题。我们变得越来越真实了，生命中美好的水分被熬干了，变成古老的河道。留下的文字，撒落在上面，成为一种回忆了。写作是最忠诚的朋友，永远不会背叛自己，这是生命情感的延续。我们每天不断受到外来的冲击，有时设置的防火墙，快要抵挡不住了，只有文学，像一叶孤舟，载着我们逃往远方。我们的写作，既是记录心灵的事情，也是自己的保护神。

这段时间，我在写《我们年轻的时候》，给250幅照片配上文字，字数不算很多，但对我的感动，意义太深刻了。一代人在岁月中走过，一张张青春的脸，凝固历史的深处。当我写道上海的彭浦车站，这个货运站台，哪年哪月哪天哪时刻，发生生离死别般的送别，心情非常激动，我引了食指的《四点零八分的火车》。写完《我们年轻的时候》，完成我父亲的知青情结，也是我的一段人生的经历。5月26日，我回济南在家中碰上来访的上海知青王为凡，当年在东北时，她还是小姑娘，只有18岁，如今已是60岁的老知青了。我们一边喝茶，一边谈起过去的日子，那一段生活，在她们的生命中太重要了。

其实，再伟大的人物，也是历史的过客。明年是虎年，是我的本命年了，我这个年龄不是想成名成家的季节，文学是生命的寄托。我只是把心灵中的事儿倾诉到纸上，这是一生的。我将来在东北老家的山区，找一个山清水秀的地方，有山有水，有一间草屋，晨炊暮饮，爬爬山，读读书，写写作，过着悠闲的日子，这是我最向往的了。有机会我们一块去，在大山里，坐在溪水旁，用自然的水，煮一壶清茶，吹吹牛。

每一次和你书信来往；是一件快乐的事情，有一天，将积下一摞厚厚的书信。

维生
2009年5月29日于抱书斋

一种特殊的怀念

川弟：

你谈到刘心武，早已将他忘记了，我阅读的词典里没有他的名字。中国是一口大锅，谁炒谁香，越炒越香，这不是我说的，而是一个文学博士说的。

你几次在南部山区游玩，打来长途电话。我也爱在大自然中走一走，并不愿到名山游览，人多一拥挤，没有什么心思了。有机会我们到东北，到我老家一游。坐在大炕上，喝着长白山的泉水，品大地生长的野菜，喝家酿小烧，你终生不会忘记。那天在我家忘带了桦甸的小烧，下次回家的时候，我一定让你品尝。今年6月回东北的时候，在珲春张鼓峰下，农家大院吃了一顿庄家饭，真是好吃难忘。那里远离市区，听不到汽车的噪音，宽敞透亮的朝鲜族的大炕，窗外是起伏的山冈。在《毛泽东选集》中有一文，他谈到张鼓峰事件。我在网上查了一下相关的资料："张鼓峰又名刀山，俄语称'扎奥泽尔纳亚'，意为湖对岸高地之意，位于敬信镇防川村北1.5公里的中俄国界线上，海拔155.1米。山的东面和北面是俄罗斯的哈桑湖和波谢特草原，西北与沙草峰相连，西南与141.2高地相望，南面是防川村驻地，东南约2.5公里处是中、俄、朝三国的交界处。

沙草峰位于张鼓峰西北2公里处的我国境内,海拔77.1米,东隔沙草峰泡子到中俄边界线1.2公里。所谓的'张鼓峰事件',就是1938年7月末8月初,日、苏两国之间围绕着这两个高地进行的一场军事冲突。日本帝国主义侵占俄国的野心久已有之,1904年与沙俄开战,仅仅是其征服俄国的第一步。1907年,日本国会通过的《帝国之国防方针》中,就将俄国视为敌国,作为第一个进攻目标。1918年6月,又把苏联称作'假想之敌国'。"有机会我们一同去珲春,爬一爬张鼓峰,重温一下历史。

收到11期的《文学界》,这是一本有品味的文学刊物,主编是王开林,他是我多年的朋友。开林是典型的文人,而且是有良心、有责任的文人。2005年,我们在眉山开笔会时,一起度过了几天快乐的时光。这期刊登我的散文《大鸟》,这篇文章是较满意的作品,对于我的写作是突破。你在万松浦论坛上的留言,说得非常准确。你写道:"大鸟是一个莫名其妙的精神事件,打破日常生活的宁静。没有想到写得如此丰富、曲折。我也曾经有过这样的经历,前几天,一只蝙蝠飞进了我的家,夜里它盘旋的声音将我惊醒,我和它周旋了许久,打开一扇窗户它飞了出去。我至今不知道它是怎么进来的。"我的经历和你一样,夜晚大战飞进来的鸟儿。其实我是想表达生存的困境和无奈,这条路还会走下去,做一些更深刻的探讨。《文学界》分AB两版,刊物策划得新颖,有自己的风格。刊物的风格和品味,是主编水平的体现。我读开林的第一篇散文,是90年代发在《青年文学》上的《梦中的黑乙鸟》,文字漂亮,构思独特,现在还忘不了。十几年过去了,在眉山笔会上的发言,我还谈到《梦中的黑乙鸟》,这就是好文章。《文学界》A版,重点推出"鸳鸯蝴蝶派"专号。对张恨水的印象深,读过他的《金粉世家》,这期专号上,我认识了:徐枕亚、李涵秋、包天笑、周瘦鹃。刊中的很多书影特别珍贵,可见编辑费了不少心血。专辑的编辑是彭国梁,彭大胡子，2006年，他来济南时，我们冒雨在千佛山一家酒店请他吃饭，现在想起来挺怀念的。这件事情是功德无量的，对"鸳鸯蝴蝶派"我们全面了解和重新认识。

改了一天的稿子，脖子酸疼不想多写，到这儿吧。

维生
2007年9月23日于抱书斋

让我们到大自然中去

川弟：

很长时间缺少书信的交流了，这种古老的方式，也是最好的交流，更能把内心的情感倾说出来。

你的到"很远的地方"和"另一种生存"这是我最向往的生活，每次和维春通电话，我询问东北的老家，让他帮找一个地方，有山有水有鸟儿，我想租个农家小房，在泥土房里写作、读书，感受大自然的清风。我和你一样，觉得一个累字，累是指心的疲惫，面对每天的生活，出门前要戴好面具，披上虚伪的衣服，走出家门，时刻提防说出的每一句话。生命的真实，隐藏身体的深处，只有到了夜晚，脱去行头，在灯下，捧起一本心仪的书，写下一行诗性的文字，我们的心才恢复自由和歌唱。我的生活比较有规律，不会轻易破坏的。养成良好的习惯，对于读书和写作大有好处。其实我最大的优点是敢于抛弃，这并不是有多大的能量，而是无能力分散更多的精神，去做应酬的杂事。一个人回想走过的路，我后悔的是年轻时浪费了很多的好时光，这不是向你作秀，说出这么大的话，这是一句真心实意的话。年轻的时候，不懂得时间是什么，懂得时间是什么的时候，人到中年，看到生命的天边泛出一丝暮色。

昨天阴天，下了一点细碎的雨。夜里睡不好觉，长夜中做了很多的梦，像奔波一个个梦的宴会。所有的梦，如同窗外被风吹散的云雾，消失不见了，感觉不到残存的痕迹。这样烦躁不安，属于周期性的，我每次写作的前几天，总有这股冲动。我仿佛困在书房中的一头野兽，左突右冲，在情感和精神的森林中寻找。你给我打电话的时候，我正在油画家张向军的画室中，看着他的小件油画作品，真是一种享受。我有了想买一幅作品的强烈念头。想一想，法国的蒙特马地，画家们聚集在一起，画商们也从各路赶来，喝酒聊天，去画家的画室看画，然后买下作品。这一过程充满浪漫，是真实的人生的生存实景。我开始西方画家的写作，但手头的资料不全，网上也买不到几本需要的书，只好采取老方法，向友人借阅。交谈中我借到《戈雅》《勃鲁盖尔》《波堤切利》《马蒂斯画传》《我的生活——夏加尔自传》《卢梭》。这些画家都是我喜爱的，我将在春天的日子里，读他们的作品和传记。我们不年轻了，阅读的视野应放大，而不局限于文学。正月十二的晚上，我和高淳海躺床上，聊到凌晨一点多，更多的是探讨心理学文学的干预，这对创作是有利的，我得到了很大的启发。

你谈到的几本书，只是库切的书还没有。石黑一雄的《长日留痕》，我从网上邮到，确实是一本好书，其实我在书店看到过，只是不留意错过去了。我和你一样，不断地重读老书，有的书越读越有滋味，越读越放不下，有深深恋爱的感觉。

我最近买了很多的书，索德格朗的《索德格朗诗全集》，弗洛姆的《爱的艺术》，阿德勒的《自卑与超越》，海明威的《流动的盛宴》，荣格的《寻找灵魂的现代人》。索德格朗的诗，伴我度过春节的长假。

这几天，思乡之情浓得化不开。我想背上行囊，走上迢迢的旅途，到山野之中，呼吸一下春天的气息。人在一个地方待久了，会像铁生锈一般,锈住生命的激情。我两年没有回东北老家了,今年一定回去一次。《黄帝内经》不瞒你说,我很早就买了一本,但一直未读,成了书橱上的摆设,正如你说的,我们应读一读祖宗留下的宝书,把它发扬光大。

春天到了,让我们到大自然中去,有一个好心情。

维生

2007年4月20日于抱书斋

秋天给人诗意

川弟：

你谈到反复读老书，我很感兴趣这个问题。一本书在岁月的长河中存下来，本身是件了不起的事了，但又能引起人们不断地重读，尤其是有思想见地的人，这就是人们常说的"经典"吧。时间涤除浮躁的东西，将精华留下来，它不会有一丝怜悯之心。"经典"不会随着涌荡的潮水逐流，被慢慢地摧垮。即使长满苔藓，只要拂去，就会发出夺目的光芒。

人到中年，在生命的入口处拉起了黄色的警戒线，不时地提醒我们，对阅读的选择，我们不能有太多的时间去挥霍了，要珍惜每一次读书的机会。我和你一样，我热爱那些博大、温暖、性格的大师，他们教我做怎样的人，写怎样的文字，怎样守住自己的精神家园。我在读《扬州八怪画传》，其实后人给他们披上"怪"，是不准确的，他们是大地的守望者，一群精神上的圣徒，他们剔除向主流的求媚，张扬个性。李鱓在"扬州八怪"中是一个特殊的人物，从宫廷走出浪迹民间，就因为他任性了。李鱓让我想到当代文坛，作品讨论会，电视上的百家讲坛，报纸上的专栏，核心期刊像商品街上的小商贩，在贩卖自己的商品。学术变成流通的商品，染上铜臭味，也就失去了意义。

几天前，一场秋雨在夜晚降临，注视窗外的雨水，窗上滑动一条条水注。雨水让我想到远方，想到遥远的东北，我似乎听到溪水的潺潺流淌声，看到水面上漂浮的落叶，故乡秋天的美，很少再见到了。秋天是思念的，是激情产生的季节，在生命的原野上，自由地奔放。雨声诉说着往事，台灯的光在制造忆旧的气氛。灯光下，是一本打开的艾米莉·迪金森的诗集，诗集穿越夏季，陪伴我度过很多的夜晚。艾米莉·迪金森一生几乎没有走出过家门，也不加入任何流派，追赶时代的潮流。她耐得住寂寞，寂寞是伟大的，养育出这样大的诗人。艾米莉·迪金森的诗适合夜深人静的时候读，一行行诗，牵引我摆脱浮躁的包围圈，阅读的滋养，使我对生命有了另一种思考。

我写了好多关于汪曾祺的文字，我有山东画报出版社出版的"汪曾祺作品系列"，书中插了汪曾祺大量的画作。读他的文字，读他的画，真是特殊的享受，我又买到一本他的"谈师友"这套书配全了。书中收入汪曾祺怀念老师沈从文的文章，真是感人落泪，令人回味。汪曾祺的文字，不急不躁。古典气韵和现代的嫁接，使文字明净、朴实。

中午回家，吃完午饭全无睡意。我站在阳台上，仰望天空漂浮的云絮，拿出数码相机，拍了一组秋云。这样的景色，如果做书的封面，要比电脑的效果好多了。

秋天给人诗意，有了写作的冲动。

维生

2008年1月2日于抱书斋